6.25 진중일기

박순홍朴淳洪 하사

6.25 진중일기

초판인쇄 2022년 4월 19일
초판발행 2022년 4월 22일

지은이 박순홍
기획정리 박정래
펴낸이 이재욱
펴낸곳 (주)새로운사람들
디자인 김남호
마케팅관리 김종림

등록일 1994년 10월 27일
등록번호 제2-1825호
주소 서울 도봉구 덕릉로 54가길 25(창동 557-85, 우 01473)
전화 02)2237.3301, 2237.3316 **팩스** 02)2237.3389
이메일 ssbooks@chol.com
홈페이지 http://www.ssbooks.biz

ISBN 978-89-8120-641-3(03810)

[일러두기]

*원본의 이미지를 가능한 한 살리고, 원본의 한문 표기는 괄호( )에 명기하되 반복되는 일상어의 한문은 괄호에 명기하지 않았습니다.

*현재 한글 표기를 최대한 살려 당시 표기 중 현재의 표기로 바꿀 수 있는 경우는 바꾸었습니다.

*되풀이되는 것은 일상어(오늘, 아침식사, 점심식사, 취침 등)로서 일부 글의 흐름에 생략된 표기는 괄호( )에 추가하였습니다.

*단기는 서기로 전환하고, 날씨는 요즘 표현으로 괄호( )에 정리하였습니다.

*사진과 그림은 네이버 나무위키, 두산백과, 민족문화대사전, 6.25 참전용사 및 6.25 기념일 관련 블로그, 관련 신문기사 또는 보도자료, 국가기록원, 국방부 전쟁기념관 및 전쟁사 자료에서 인용하고 아버님 보유 사진과 개인 보유 사진을 활용하였습니다.

박순홍朴淳洪 하사

6.25 진중일기

1951~1955

龜山 박정래 정리

새로운사람들

"노병은 죽지 않는다. 다만 사라질 뿐이다."
(Old soldiers never dis; They just fade away.)

1951년 4월 19일 미국 워싱턴DC 상하 양원 합동 회의장,
맥아더 장군(Douglas MacArthur) 퇴임 연설

| 프롤로그 |

아버님을 다시 뵙고

龜山 박정래

우리에게 아버님은 평생 멀고 먼 고지 위에서 평화의 별을 지키는 대한민국의 전사이셨다.

집에 계셨던 날보다 집을 떠나 계신 날이 많았고,,어쩌다 집에 오시면 쌓인 피로를 푸시느라 거의 아랫목에서 주무시는 모습이었다. 1960년대와 1970년대 경찰관의 삶은 박봉에도 불구하고 늘 비상과 출동의 연속이었고, 자식들이 머리가 굵어질 무렵에 아버님은 고향인 횡성군에 경찰을 천직으로 정착하셨지만, 대부분 관내 지서장을 자임해 파견을 나가 계셨다.

우리 집은 횡성읍에 자리 잡았고, 가끔 엄마나 우리 형제들 중 누군가가 동행해 하루에 버스 한두 번 겨우 들어가는 (그 당시 교통 상황으로) 면소재지 지서의 아버님께 다녀오곤 했다.

정말 딱 한 번, 아버님을 모시고 읍내 목욕탕에 간 적이 있었다. (남자들은 결혼해서 아들을 낳은 뒤, 자식이 커서 함께 목욕탕에 가서 서로 등을 밀어주는 것이 로망이라고들 하지 않던가.) 아마 설 명절을 앞둔 어느 날이 아니었나 싶다.

먼저 내 등을 밀어주시고(좀 아프긴 했다.) "너도 아빠 등을 밀어봐라." 하고 돌린 등과 어깨 쪽으로 크고 작은 상흔들이 지렁

이처럼 꿈틀거리며 살고 있었다. 배 쪽에는 커다란 칼자국 같은 것도 있었다. 내 시선이 쑥스러웠는지 아버님은 껄껄껄 웃으시더니, “아빠가 6.25 전쟁을 치르면서 적과 싸우다 얻은 훈장”이라고 얼버무리시곤 “이 담에 더 커서 네가 군대를 다녀오면 6.25 참전 이야기를 더 해주마.” 하시면서 그렇게 넘어갔었다.

그런데 사는 게 그렇지 않은가. 시계 기어처럼 서로 다른 시간에 얽혀 한 시대를 살아가는 인생에서 부자간에 얼굴을 마주하고 얘기할 수 있는 시간이 어디 그리 쉽던가. 동부 최전방에서 포병 통신병으로 국방 의무를 다하며 첫 휴가 나왔을 때, 저녁식사 후 아버님이 맥주를 한 잔 권하시며, 훈련이나 군 생활이 고되지는 않은지 격려 겸 얼핏 6.25 전쟁 얘기를 꺼내셨다. 오롯이 온몸으로 전쟁을 치렀지만 살아남을 사람은 살아남더라. 너무 군 생활에서 물러서거나 의기소침하지 마라, 뭐 그런 지나가듯 일러주신 이야기였다.

그래서 “혹 전시 상황에 대한 기록이나 사진, 소품들이 남아 있어요?” 하고 여쭈었더니, “뭐 오래 전 일이고 이사를 많이 다녀서 남은 것은 없다.”고 하시며, “그래도 일기장 하나와 사진 몇 장은 있을 걸.” 하셨다. “내 몸에 상흔이 다 6.25가 준 훈장”이라고 하시면서. “그 흔한 진짜 훈장 하나 없다.”며 웃으셨다.

그 이후의 내 삶도 제대 복학 후 각박한 현실에 부대끼고 극복해 나가느라 아버님의 6.25 참전 같은 것은 까마득히 잊어버렸다. 졸업과 어려운 취업, 정글 같은 직장에서의 삶, 결혼과 딸, 아들의 육아, 교육, 진급 및 성장, 암 투병과 퇴직, 제2의 삶… 스물을 벗어나 3~40대 인생이란 여울은 얼마나 빠르고 심하게

요동치고 많은 변화를 겪고 흐르는가.

그 사이 아버님도 33년 경찰생활을 정년퇴임하시고, 부근 농공단지 경비, 화재보험 회사 영업 등 무엇인가를 꾸준히 하시면서 여전히 밖으로 나다니셨다.

크고 작은집안 행사 때나 의례적으로 뵙고, 만나고, 식사하고, 술 한 잔 올리고, 안부나 서로 묻는 정도였다.

2003년 방광암 진단을 받고(진단 당시 말기), 원주기독교병원에 입원하시고야 활동을 멈추었지만, 결국 몇 차례 치료도 받지 못하고 2004년 5월 향년 74세에 하늘의 부름을 받으셨다.

11개월의 투병생활 중에는 내 삶이 눈물 콧물 쏙 빼도록 바쁜 시기여서 진득하게 병간도 하지 못했고, 이야기를 나눌 시간도 갖지 못했다.

소천(召天) 후 아버님의 유언대로 종형제 간의 유대를 위해 고향 선산에 모셨으나, 2006년 폭우로 아버님과 백부님 유골이 밖으로 걸어나와 어쩔 수 없이 참전 용사인 두 분은 이천 호국원과 동작동 국립묘지로 모셔졌다. 그 과정에서 아버님의 6.25 참전 과정을 추적하고 알게 되었다.

1950년 10월 전투경찰로 참전, 1951년 미 해병대와 연합작전으로 강원도 수복 전투에 참여, 1952년 육군 제1훈련소 입교, 1953년 치열한 중부 고지전 참전, 백두산부대 창설 멤버, 1953년 백두산부대 21사단 65연대 1대대 3소대 분대장 근무, 1957년 3월 20일 육군하사로 예편 등 6년 6개월의 군 복무가 아버님의 참전과 군 복무 이력이다.

어머님은 아버님의 빛과 그림자이시다. 90 성상을 바라보는 지난 2021년 6월에 어머님께서 불쑥 낡은 일기장 하나를 꺼내 꺼내놓으셨다.

“내가 이제 살면 얼마나 살지 몰라 정리를 하다 보니, 너희 아버지 일기장이 나오더라. 둘째가 글을 쓰니 함 보고 뭔 내용인가 정리해 보렴. 어디 이사를 가건, 집수리를 하건, 가장 먼저 챙기던 네 아버지의 유품이다.”

아버님이 육필로 쓰신 진중 일기장이었다.

“아버님은 별거 아니라고 하면서도, 제대하고 집으로 오셨는데(6.25 사변 직전에 두 분은 결혼을 하셨다), 글쎄 딸랑 일기장 한 권과 만년필 하나 가져왔더라. 미제 만년필은 어떻게 되었는지 기억나지 않고, 진중 일기장은 그간 깊숙이 보관하다 보니 드러나지 않은 모양이다.”

그렇게 아버님 진중일기를 마주하게 되었고, 작년(2021년) 뜨거운 여름은 더위도 잊은 채 아버님의 전선을 따라 치열한 삶과 죽음의 곡예를 함께 나눈 시간이 되었다. 돌아가신 아버님을 이제야 제대로 다시 만나 많은 이야기를 나눌 수 있었던 시간이었다.

이 진중일기는 전쟁 중의 장교나 지휘관, 국가의 지도자나 책임자들의 입자에서 전시의 사명감과 시대적 소명, 필승전략이나 승전의 의미와 같은 거창한 주제로 기록되지는 않았다. 전장의 무수히 많은 주검처럼 말없이 스러져갈 수 있는 한 젊은이가 쓴, 가족과 나라 사랑, 고향과 평화에 연민의 기록일 뿐 아니라 알 수 없는 명령과 책임, 그리고 그것들을 수행하고 완수하는 데 대한 가감 없는 기록이다.

역설적으로 우리가 왜 전쟁을 하면 안 되는지, 자유와 평화를 지키기 위해 어떤 정신을 가지고 무엇을 실천해야 하는지 소박하게 전해주고 있다. 아버님이 끝까지 살아 남으셨으므로 오늘 우리가 살아가고 있다. 또한 우리가 주어진 삶을 비겁하지 않게 끝까지 잘 살아야 하는 이유이기도 하다.

| 차례 |

3부 백두산부대 전후(戰後) 병영일기

지형능선
동해
크리스마스 고지
저격능선
포크찹고지
평양
원산
단장의 능선
불모고지
351고지
수도고지
남포
군사분계선
(1953.7.27)
(1951.7.1)
간성
방카고지
철원
김화
화천
서화
38°
해주
판문점
옹진
문산
백마고지
춘천
소양강
강릉
의정부
황해
서울
북한강
편치볼
인천
남한강
피의 능선
NAVER

제1부

6.25 전쟁 참전(參戰)

미 해병대와 강경대대 연합작전
(1951. 4. 29~10. 10 일기)

아버님은 1950년 9월 전투경찰에 투신하셨고, 그해 10월 강경 제9대대에 편입되어 6.25 전쟁에 참여하였다.

1951년 4월 29일 강원 전투경찰로 미군 해병대에 파견되어 강원도 이북 탈환작전에 참여하였고, 이 일기는 미 해병대와 합동 작전 시에 작성한 글이다.

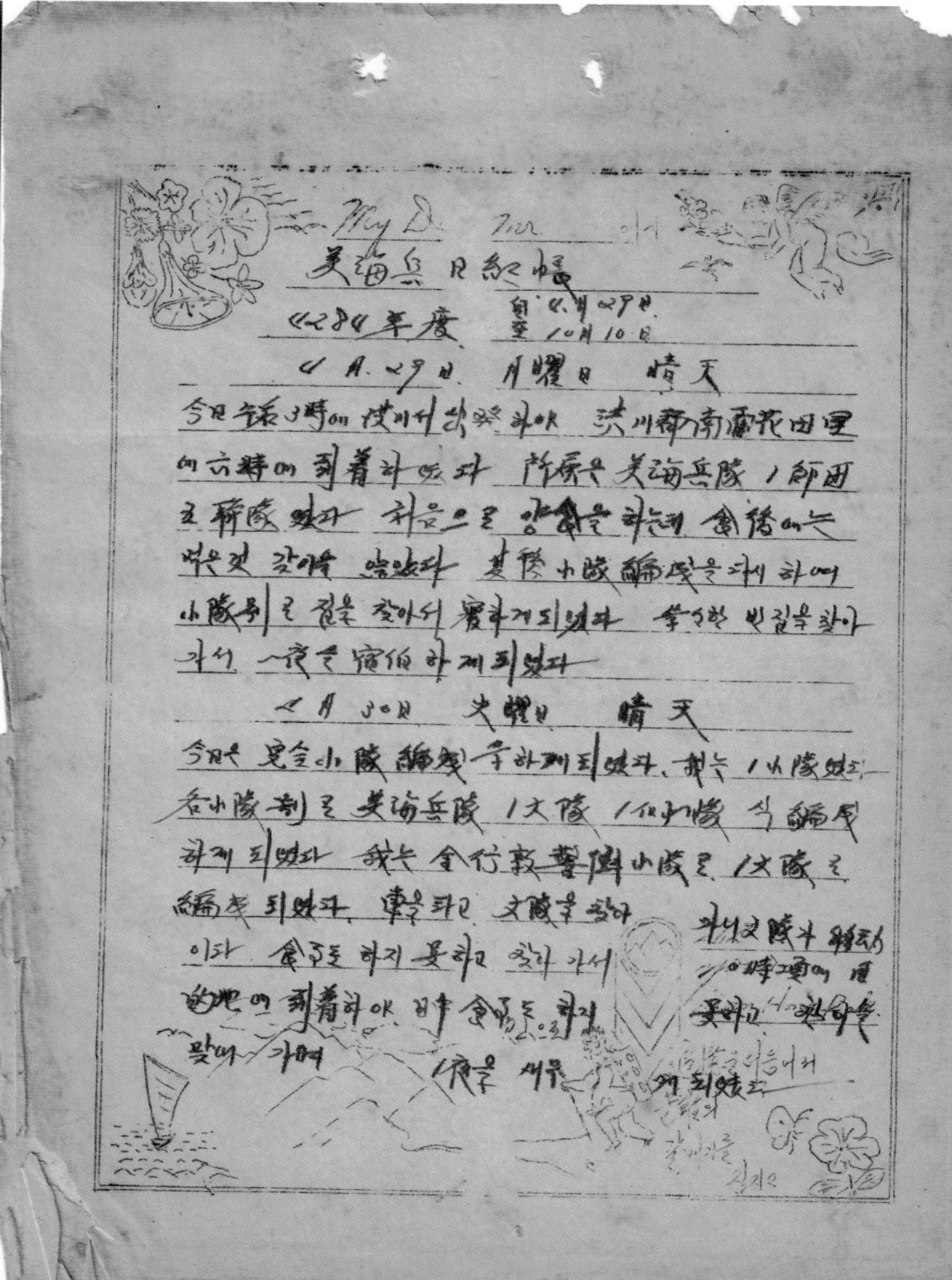

My D[illegible] 에

海兵日記帳

<<4284>> 年度 自 4月 29日 至 10月 10日

4月 29日 月曜日 晴天

今日 午後 3時에 [illegible]에서 出發하야 洪川郡 南面 花田里에 六時에 到着하였다 所屬은 海兵隊 1師團 五聯隊였다 처음으로 [illegible]食을 하는데 食器에는 [illegible] 갖이[illegible] [illegible]였다 又復 小隊 編成을 다시 하여 小隊別로 길을 찾아서 [illegible]하게 되였다 [illegible]한 빈집을 찾아가서 一夜를 宿泊하게 되였다

4月 30日 火曜日 晴天

今日은 完全 小隊 編成을 하게 되였다. 我는 1小隊였고 各小隊別로 海兵隊 1大隊 1[illegible]隊 식 編成하게 되였다 我는 金行敎 [illegible]小隊로 1大隊로 編成되였다. [illegible]을 하고 大隊를 찾아 이다 食事도 하지 못하고 찾아가서 目的地에 到着하야 [illegible] 食事도 하지 [illegible] 맞이[illegible] 가며 1夜를 새우게 되였다.

가나大隊가 [illegible] [illegible]時 [illegible]에 [illegible] 못하고 [illegible]

1951년 4월 29일~30일

美海兵 日記帳 4294年度
(自 4月 29日~至 10月 10日)

★4월 29일 월요일, 晴天(맑음)

오늘 오후 3시에 홍천에서 출발하여 홍천군 남면 화전리에 6시에 도착하였다. 소속은 미 해병대 1사단 5연대였다. 처음으로 양식을 먹는데 식사 후에도 먹은 것 같지 않았다. 그 후 소대 편성을 다시 하여 소대별로 집을 찾아 머물게 되었다. 쓸쓸한 빈집을 찾아가서 하룻밤을 숙박하게 되었다.

★4월 30일, 화요일, 晴天(맑음)

오늘은 완전 소대 (재)편성을 하게 되었다. 나는 1소대였다. 각각 소대별로 미 해병대 1대대1개 소대씩으로 편성하게 되었다. 나는 전행돈경전(全行敦警傳; 아마도 전방관측소대인 듯) 소대로 1대대로 편성되었다. 차를 타고 대대를 찾아가니 대대가 (이미) 이동하였다. 식사도 하지 못하고 찾아가서 10시경에 주둔지에 도착하여 식사도 하지 못하고 찬이슬을 맞아가며 하룻밤을 새우게 되었다.

[illegible] 4月 2日 木曜日 晴天

起床하니 이슬이 햇빛에 반짝인다

고단한 몸으로 눕어서 하룻밤 자보니 故鄕生覺이 간절하였다 朝食을 맡이고 [illegible]하다가 鐵帽를 가지고 高地로 配置되여 演習令 樹木下에 安하고서 今日도 前日과 같이 一夜를 새웠다

4月 3日 金曜日 雲雨天

朝食後 11時까지 訓練을 하고 天幕을 [illegible] 치고 나니 비가 부슬부슬 나린다 小隊 本部에 가서 衣服을 타가지고 입고 나니 寒氣가 더 심하다 [illegible]이 모자라서 [illegible] 대장식 따라도 못 뱉고서 [illegible]聲을 노래삼아 비나리는 今日밤을 무섭게 새웠다

4月 4日 土曜日 晴天

起床하니 山에 草木이 前日보다도 더 자란듯이 생각되였다 또한 햇빛도 [illegible] 安寧하시오 人事를 하는 것 같았다 몸은 全身이 [illegible] 랑랑 아침 기분은 좋았다 今日도 訓練이다 여기서 [illegible]이 [illegible]까지 가야 못가는 이때 身勢 아~ 가고 싶다

내 故鄕

1951년 5월 1일~4일

★5월 1일, 수요일, 晴天(맑음)

기상하니 이슬이 햇빛에 반짝인다, 고단한 몸으로 일어나서 하늘을 쳐다보니 고향 생각이 간절하였다. 아침식사(朝食)를 마치고 머물(遊)다가 총기(銃器)를 타가지고 고지(高地)로 배치되어 숙소(宿所)를 나무숲ㅡ수목(樹木) 아래 정하고서 오늘도 전날과 같이 하룻밤을 새웠다.

★5월 3일, 금요일, 雲內天(맑음)

아침식사 끝나고(朝食後) 11시까지 훈련(訓練)을 하고 천막(天幕)을 치고 나니 비가 부슬부슬 내린다. 소대(小隊) 본부(本部)에 가서 우의(雨衣))를 타가지고 입고 나니 비(雨降)가 더 많이 내리다.

천막(天幕)이 모자라서 한 천막에서 여섯 명(六名)씩 다리도 못 뻗고 포성(砲聲)을을 노래 삼아 비 내리는 하루(今日) 밤을 구슬프게 새웠다.

★5월 4일, 토요일, 晴天(맑음)

아침기상(朝起)을 하니 山에 초목(草木)이 어제(前日)보다도 더 자란 듯이 생긋생긋 웃는 듯하였다. 또한 햇빛도 빛도 그 사이(其間) 안녕(安寧)하시냐고 인사(人事)를 하는 것 같았다. 몸은 전신(全身)이 아플망정 아침 기분은 많이 좋았다. 오늘(今日)은 훈련(訓練)이다. 여기서 횡성(橫城)이 백여 리(百餘里)이거늘 못 가는 이내 신세(身勢), 아~~가고 싶다. 내 고향(고향).

5月 5日 日曜日 晴天

今日은 宿舍에서 兩人끼리 우리 故鄕에 이야기를 하고 있다가 戰友 宋聖五君과 우리서 [illegible]에 놀고서 [illegible]에 寢하였다 起하여 보니 夕食 時가 되어서 食事를 하고 宿舍로 가서 노래를 부르고 [illegible]을 보았다

5月 6日 月曜日 晴天

[illegible]時에 起床하여 中隊本部에 集合하였다 그 命令가 美軍과 같이 搜索을 가가고 中隊本部에서 夕飯과 도야지 고기를 먹고서 偵察次로 出發하였다 行軍中 고개를 여섯개나 넘었다 夜行으로 70里를 가니 目的地에 到着하게 되어 夕食을 하고서 7時부터 11時까지 勤務에 當하여 勤務를 하는데 [illegible]을 보니 참 [illegible] 하였다

5月 7日 火曜日 晴天

이날은 [illegible] 하고 [illegible] 補給이 되지 않아서 食事를 하지 못하고 [illegible] 過하였다

[illegible] 地區에서 [illegible] 搜索을 가게되어 30里 가량 가서 [illegible] 時가 되어 [illegible] 民家에서 [illegible] 얻어먹고 그 場所에서 2時間 休息하다가 中隊本部로 가니

1951년 5월 5일~7일

★5월 5일, 일요일, 晴天(맑음)

오늘(今日)은 숙소(宿所)에서 병항군(丙亢 君)과 둘이 고향(故鄕) 이야기를 하고 보내(遊)다가 내의(內衣)를 송성오 군(宋聖五 君) 과 둘이서 빨아 널고서 졸렵기에 잠시 오침(寢)을 하였다. 일어(起)나 보니 저녁식사(夕食) 때가 되어서 식사(食事)를 하고 숙소(宿所)로 가서 노래를 부르고 세성(歲成)을 보냈다.

★5월 6일, 월요일, 晴天(맑음)

6시에 기상하여 소대본부(小隊本部)에 집합(集合)하였다. 부대(部隊)가 미군(美軍)과 같이 수색(搜索)을 나가고 중대본부(中隊本部)에 가서 숏빵과 도야지 고기를 먹고서 정찰차(偵察次) 출발(出發)하였다.

행군(行軍) 中 고개를 여섯 개나 넘었다. 보행(步行)으로 10리를 가니 목적지(目的地)에 도착(到着)하게 되어 저녁식사(夕食)을 하고서 9시부터 11시까지 근무(勤務)를 명받아 (당하여) 근무(勤務)를 하는데 포성(砲聲)에 세상(天地)이 무너질 듯 진동(震動)하였다.

★5월 7일, 화요일, 晴天(맑음)

하늘을 집을 삼아 밤(夜)을 새우고 나니 매우 고달팠다. 보급((補給)이 되지 않아서 식사(食事)를 하지 못하고 과자만 조금 먹었다. 정찰지(偵察地)에서 더 전방(前方)으로 수색(搜索)을 가게 되어 30분가량 가서 점심(午食) 때가 되어 9명이 민가(民家)에서 조금씩 얻어먹고, 그 지역(場所)에서 2시간 휴식(休息) 취하다가 중대본부(中隊本部)로 가니 레이션 박스가 나와 있었다. 그것을 맛있게 먹고 대기(遊)하다가 취침(寢)하였다. 근무(勤務) 시간이 5시부터 6시였다.

그레야 畜모음이 나와서 좋았다
그것을 되다가 맛잇게 먹고 就寢하엿다.
復하엿다 勤務時間은 5時부터 六時엿다

5月 8日 水曜 晴天

砲聲에 깨여나서 約1時30分 경되엿다 30分만 있으면 勤務時間이라 5時가 되여서 勤務를 하는데 天地는 고요해 개미 기여 가는 소리 들이지 않고 잠들은 戰友들의 코 고는 소리 만 크게 들리지 않엇다. 勤務時間을 마치고 美軍 1個小隊와 前日에 搜索나갓던 場所에 다시 10里더 나가서 索敵을 하고 오는 途中 部落에서 飯을 하여 놓은 것이 달리고 잇엇다. 時間이 없어서 [illegible]이지 部隊에 歸하여 간스메 따라 넣어서 맛잇게 끓여 먹었다

5月 9日 木曜 晴天

今日은 오래간만에 [illegible] [illegible]으로 [illegible]이다. 小川에 가서 手足을 깨끗이 씻고 양말도 빨았다. 간 짬호를 뜯어와가 前日에 넣어온 간스메 따라 맛잇게 끓여 먹었다. 英陵大 [illegible]으로

民家 등이 심어 놓은 오이와 고기 간스메 時間이 [illegible] 10里 [illegible] 이슬 [illegible]어가며

步行 1時 으로 移行하 세었다

[illegible]에 갈매기를 [illegible]

1951년 5월 8일~9일

★5월 8일, 수요일, 晴天(맑음)

포성(砲聲)에 깨어나니 4시 30분쯤 되었다. 30분만 있으면 근무시간이다. 5시가 되어서 근무를 하는데, 세상천지가 고요해 개미 기어가는 소리조차 들리지 않고 잠든 전우(戰友)들의 코고는 소리밖에 들리지 않았다.

근무시간을 마치고 미군 1개 소대와 어제(前日) 수색하였던 장소에서 10리 더 나가서 적을 탐색(貪敵)하고 오는 도중(途中) 부대에서 밥을 해놓고 기다리고 있었다. 시간이 없어서 밥을 뭉쳐서 부대에 머물면서 통조림에 넣어 맛있게 끓여 먹었다.

★5월 9일, 목요일, 晴天(맑음)

오늘(今日)은 이틀간 고생을 한 덕택으로 휴일(休日)이다. 작은 시내(小川)로 나가 손과 발(手足)을 깨끗이 씻고 양말도 빨았다. 민간인들이 심어 놓고 간 마늘을 뜯어다가 어제(前日) 얻어온 장으로 소고기 통조림에다 맛있게 끓여 먹었다.

그 후 6시쯤 되어 10리쯤 보행(步行)으로 이동하며, 찬 이슬 맞아가며 하룻밤(一夜)을 새웠다.

8月 10日 金曜日 晴天

6時에 起床하여 朝食을 먹고 大隊本部로 向하여 出發하였다. 20분쯤 가서 내가 세수 沐浴을 하고 나니 몸이 가뿐하였다 出發하려 하는데 大隊에 編成된 戰友들을 만나서 반갑게 握手를 하고 出發하였다. 行軍途中 깨우 [illegible]번이나 걸었다 大隊本部에 到着하니 食堂食事가 [illegible]에 놓아있었다. 처음으로 美食堂制 食事를 하니 빠나게 맛이 있었다.

8月 11日 土曜日 晴天

前日에 도보로 行軍하였더니 발이 매우 아프다 小隊本部에 集合하여 點呼를 하고 其後 檢查와 訓練을 하였다 12時쯤되어 訓練을 마치고 天幕으로 가서 우와기를 벗어 가제리었다. 炳允君과 둘이서 빨래를 하는데 공연히 집 생각이 떠올라서 故鄕이 그리워졌던것이다 炳允이 寢室에 앉아있는 몸이 되니 빨래하는것도 배우게 되는구나하며 故鄕 이야기도하고 하며 빨리도 빨래를 마치었다.

가. 박래

Sin Hong Pak.

1951년 5월 10일~11일

★5월 10일, 금요일, 晴天(맑음)

6시에 기상하여 아침식사를 마치고, 대대본부(大隊本部)를 향해 출발하였다. 20리쯤 가서 냇가에서 목욕을 하고 나니 몸이 개운하였다. 출발하려는데, 2대대에 편성된 전우 둘을 만나서 반갑게 악수를 하고 (다시) 출발하였다.

행군 도중에 내(川)를 세 번이나 건넜다. 대대본부에 도착하니 식당(食堂)에 식사를 준비하여 놓았다. 처음으로 미군식(美軍式, 美軍食堂製) 식사를 하게 되어 맛나게 먹었다.

★5월 11일, 토요일, 晴天(맑음)

어제 70리를 행군하였더니 발이 몹시 아프다. 소대본부에 집합하여 총기(銃器)를 수령(수령(受領)하고, 그 후 검사와 훈련을 하였다. 12시쯤 되어 훈련을 마치고 막사(天幕)로 돌아와(가서) 윗도리(우와기)를 빨러 가게 되었다. 병항(丙亢) 군과 둘이서 빨래를 하는데 공연히 집 생각이 떠올라서, 고향이 그리워졌던 것이다. 병항(丙亢) 군이 객지를 떠다니는 몸이 되니 세탁하는 것도 배우는구나 하고 말해서, (웃으며) 고향 이야기도 나누고 빨래도 하고 하면서 빨래 빨기로 하루를 보냈다.

5月 13日 日曜日 曇天

今日 도랑作業 하는 구경을 갔었다. 美軍들과 韓國軍警들이 같이 도랑作業하는데 美軍들이 돈을 막으와 왔다. 遊覽하다가 補給品이 나왔다 하여서 補給品을 타러가서 鐵帽를 타고 천막으로 와 ... 天幕 우치고의 자리에서 ... 天幕을 같이 치고 ... 자리에 ... 을 타다가 먹으면서 과자를 꺼내가지고 ... 하다가 寢하였다.

5月 14日 月曜日 晴雨天

8時에 集合하여 大隊長의 銃器檢査를 받았고 宿所로 歸하야 休務하는데 비가 부슬부슬 나린다. 家塑五君과 天幕을 단속하고 CDC에 가서 쌀각미를 얻어다가 밥을 해서 먹고 자미있게 遊하였다. 비만 오면 故鄕 生覺이 더 난다. 今日은 공연히 밥을지어 먹으면서 어머님 生覺이 나서 눈물을 흘렸다.

1951년 5월 12일~13일

★5월 12일, 일요일, 晴天(맑음)

오늘은 트럼프 카드 하는 구경을 갔었다. 미군(美軍)들과 한국 병사(韓國兵士)들이 같이 트럼프를 하는데, 미군들이 돈을 잃고 있었다. 구경(遊)하고 있다가 보급품(補給品)이 나왔다고 하여서 보급품을 수령하러(타러) 가서 철모(鐵帽)를 수령하고(타고) 천막도 수령하여 즉시 그 새 천막을 치게 되어서 병항 군(丙亢 君)과 천막을 같이 치고 같이 자게 되었다. 레이션을 타다가 과자를 꺼내 먹으면서 순길이 이야기를 하다가 취침(就寢)하였다.

★5월 13일, 월요일, 晴雨天(맑다가 비)

8시에 집합(集合)하여 대대장((大隊長)의 총기검사(銃器檢査)를 마치고 숙소(宿所)로 돌아(歸)와 휴식(休務)을 취하는데 비가 부슬부슬 내린다.

宋聖五 君과 막사(天幕)를 단속하고, CDC에 가서 알락미(쌀의 종류)를 얻어다가 밥을 해서 먹고 그럭저럭(자계익계) 시간이 흘러(遊)갔다.

비만 오면 고향 생각(生覺)이 더 난다. 오늘(今日)은 공연히 밥을 지어 먹으면서 어머님 생각이 나서 눈물을 흘렸다.

5月27日 雨天

늦으막히 10時에 起床하니 아직도 비가 부슬부슬 나린다 今日은 韓國에서 車가 約百代 가량 集結 되였다 高地에서 나려와 乘車하고 11時쯤 되여 出發이다 勇敢하도 우리는 우리部隊는 短時間內에 白頭山 上峰에 太極旗를 휘날릴것 같았다. 어느듯 三八線을 넘었다. 이와 같이 前進하는것을 알면 故鄕계신 父母兄弟 기뻐하겠지

5月28日 晴天

冠岱里에서 1夜를 宿泊하고 晝食을 마친後에 冠岱里를 出發하게 되였다 10里를 前進하여서 敵을 發見 하였다. 여기는 1線이다 30分間 敵과 交戰을 하고 敵을 물리고 10里 더 前進하여 또 交戰이다 그럭저럭 交戰하다가 보니 날이 저므렀다 夜間이 되여 步哨를 서는데 砲聲 銃聲이 귀가 떠러질듯 하였다. 故鄕에 계신 父母任 저는 完全히 勝戰하고 白[illegible]이 되여 父母任을 相逢하리다 [illegible] 하였다

1951년 5월 27일~28일

★5월 27일, 월요일, 雨天(비)

느지막이 10시에 기상(起床)하니 아직도 비가 부슬부슬 내린다. 오늘(今日)은 이동(移動)이다. 차가 약 백 대가량 집결(集結)되었다. 고지(高地)에서 내려와 차를 타고 11시쯤 되어 출발(出發)이다.

용감하게 달리는 우리 부대는 단기간 내에 백두산(白頭山) 상봉(上峯)에 태극기(太極旗)를 날릴 것 같았다. 어느덧 38선을 넘었다. 이와 같이 전진하는 것을 알면 고향에 계신 부모형제(父母兄弟)가 기뻐하겠지.

★5월 28일, 화요일, 晴天(맑음)

관대리(冠垈里)에서 하룻밤(一夜)을 숙박(宿泊)하고 점심밥(주식, 晝食)을 맡긴 후에 관대리를 출발하게 되었다. 10리를 전진(前進)하여서 敵을 발견하였다. 여기는 1銃이다. 30분간 敵과 교전(交戰)을 하여 敵을 물리치고 10리를 더 전진하여 또 교전이다. 그럭저럭 교전을 하다가 보니 날이 저물었다. 밤 사이(夜間) 보초(步哨)를 서는데, 포성(砲聲) 총성(銃聲)에 귀가 막힐 듯하였다. 고향에 계신 부모님, 저는 완전히 승전(勝戰)하고 백골(白骨)이 되어 부모님을 상봉(相逢)하리다. 눈물이 흘러 앞을 막았다.

5月 29日 水 晴天

午前에 移動準備를 하고 午後에 乘車하고 되알치 고개를 出發하야 50里를 前進하야 어느 곳에 到着 하였다 100m 前方으로 6名이 索敵을 나가게 되여 搜索을 하는 中에 敵彈이 大隊本部 近方에 떨어지기 始作하였다 敵彈이 떨어지기는 처음이였다 한 5발 가량 떨어지드니 조용해여져서 大隊本部로 歸하여 山高地를 搜索하고 部隊로 歸하여 高地 配置가 되여 1高地로 올라 가서 夕食을 기다렸다 補給이 오지 않어서 夕食으로 누룽지가루와 설탕 모아 둔것을 물에 먹고 寢하였다

5月 30日 雨天

朝起하니 雨降하기 始作 한다 비가 부슬부슬 나리면 故鄕에 追憶이 그리워지는 것이였다 午后에는 또 移動이라 雨降은 如前 한데도 某地로 出發하게 되였다 아一 敵보다도 비가 원수로구나 衣服 [illegible] 적셔서 몸이 떨려 [illegible] 와 10里를 前進하여 目的地에 到達하니 高地 배치다 무시무시 한 青林속을 헤치며서 [illegible] 시 올으면서 勤務地에 到着하여 [illegible] 와 [illegible] 물에 [illegible] 勤務를 하는데도 雨降은 如前히 구슬프게 나리고 있다

1951년 5월 29일~30일

★5월 29일, 수요일, 晴天(맑음)

오전에 이동준비를 하고 오후에 차를 타고 '되일치'고개를 출발(出發)하여 50리를 전진하여 나가게 되어 수색(搜索)을 하는 중에 적탄(敵彈)이 대대본부 근방에 쏟아(떨어)지기 시작하였다. 적탄이 떨어지기는 처음이었다. 한 5발 가량 쏟아지더니 조용해져서 대대본부를 중심으로 산고지(山高地)를 수색하고 부대로 돌아와(歸) 다시 고지 배치(高地配置)가 되어 고지(高地)로 돌아가서 저녁식사(夕食)를 기다렸다. 보급(補給)이 오지 않아서 저녁식사(夕食)로 우유가루와설탕 모아둔 것을 끓여먹고 잠자리(寢)에 들었다.

★5월 30일, 목요일, 雨天(비)

아침에 일어나니(朝起) 비가 내리기(雨降) 시작한다. 비만 부슬부슬 내리면 고향의 추억이 그리워지는 것이었다. 오후에는 또 이동(移動)이다. 비가 여전히 추적추적 내리는 가운데도 고지(高地)로 출발하게 되었다. 아아~~적(敵)보다도 비가 원수로구나. 우비(雨衣)가 흠뻑 젖어서 몸이 떨린다. 10리를 전진하여 목적지에 도착하니 다시 고지배치다. 무시무시한 깊은 숲(青林) 속을 헤치면서 세끼를 굶고 근무지에 도착하다. 항 군(亢 君)과 천막을 치고 근무를 하는데 비가 여전히 구슬프게 내리고 있다.

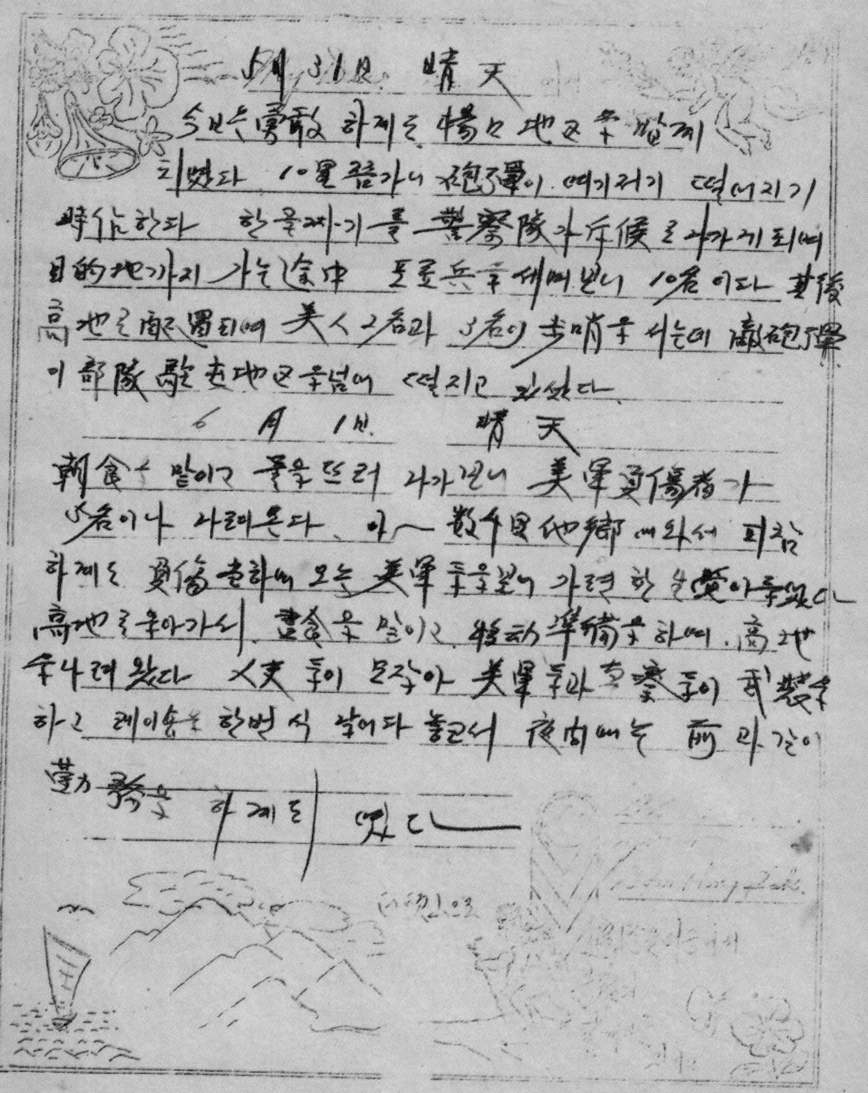

5月 31日. 晴天

今日은 [illegible] 하게로 [illegible] 地로 을 [illegible]게
되였다 10里쯤 가니 砲彈이 여기저기 떨어지기
始作한다 한울짜기를 警察隊가 斥候로 나가게 되여
目的地까지 가는 途中 도로 兵을 세여보니 10名이다 其後
高地로 配置되여 美人 2名과 3名이 步哨를 서는데 敵砲彈
이 部隊駐屯地 으로 울넘에 떨지고 있었다.

6月 1日. 晴天

朝食을 먹이고 물을 뜨러 나가보니 美軍負傷者가
5名이나 나려온다. 아~ 數千里他鄕에와서 피참
하게도 負傷을하여 오는 美軍들을보니 가련한 生覺이 들었다
高地로 올아가서 晝食을 먹이고 移動準備를 하여 高地
를나려왔다 人夫들이 모자라 美軍들과 韓國人들이 武裝을
하고 레이숀을 한번식 날어다 놓고서 夜間에는 前과 같이
警戒를 하게 되였다

1951년 6월 4일~16일

★6월 4일, 화요일, 雨天(비)

며칠 전(前)에 교대한다고 하더니 오늘 후방(後方)으로 간다는 소식을 들으니 매우 기뻤다. 비는 부슬부슬 내리는데 고지(高地)에서 내려와 보행(步行)으로 출발하였다. 60리를 걸어서 행군하는데 질퍽거리기 限이 없었다. 오전에는 양구(楊口)에서, 오후에는 원통(元通)이다. 원통에도착하니 해가 저물었다. 후방으로 간다니 적 포탄이 걱정된다. 원통에서 2일간 휴식하고 이동하게 되었다.

★6월 15일, 토요일, 晴雨天(맑다가 비)

인제군 내면 지구(地區地)에서 약 10리 전진하여 비가 내리는데 천막을 치고 있노라니까 1.5킬로 더 전진(前進)하라 하여 젖은 천막이 뜯어지고 서화리로 이동(移動)하여 山 고지(高地)에 미군 1명과 수색 2명이 천막을 치고 재미있게 근무(勤務)를 하였다.

야간 근무를 하는데 달빛이 밝고 환(명랑, 明朗)하여 천막 속에 빛이 좋았다.

★6월 16일, 일요일, 晴天(맑음)

어제((前日) 비가 내리던(雨降) 날이 일찍 일어나(조기, 早起)보니 구름 한 점 없는 맑고 깨끗한(청청, 晴晴) 날이다. 비행기(飛行機)가 떠돌며 적진(敵陣)에 기총사격(機銃射擊)을 한다. 아침식사(조식, 朝食)를 하고서 丙亢 君 막사(天幕)에 가서 고향에서 지냈던 이야기를 하며 지내다 보니 하루가 가는 줄 모르고 보냈다. 야간 보초(步哨)를 서는데, 바람은 솔솔, 솔잎은 번쩍, 달빛은 방긋 웃으며 나를 보고 수고(手苦)한다는 듯이 내려다본다. 보초 근무를 하면 웬일인지 처량한 생각이 들어 눈물겨워지는 것이다.

[illegible] 晴天 이게

今日은 搜索偵察을 나가게 되었다

고레골에서 물까기골 짜은에 가니 집이 보인다

搜索을 하여보니 人民軍負傷者가 1名이 있었다

물까기골 搜索하고 休息하는데 大隊가 全部 移動을

하여 搜索한 골로 들어왔다. 午後에는 2時쯤되어 砲

彈이 날아온다 비박 그때 옆에서 [illegible] 가련하게도

美軍 2名이 1秒內에 쓰러지고 負傷者가 3名이 났다

그것을 보니 精神이 없고 아무런 生覺도 하지 못하였다

人命은 天命이다. 勇敢히 싸우다 죽자

6月 3日 晴雨天

오늘은 高地에서 [illegible] 學校 친구와 故鄕 이야기

옛 時代 이야기를 즐거이 하다가 今后에는

美軍 3名 [illegible] 6名이 大韓國民을 위하여 部隊까지

[illegible] 學校를 만나서 前方이야기를 하여주고 [illegible]하다

가 [illegible]을 하고 나니 [illegible] 자 [illegible]

하는데 雨 [illegible] 降하기 始作한다

高地 [illegible] 비는 쏟아지는 [illegible]

[illegible] 아~ [illegible] 苦生은 [illegible] 수 없었다

Hong Bak

1951년 6월 2일~3일

★6월 2일, 일요일, 晴天(맑음)

오늘(今日)은 수색정찰(搜索偵察)을 나가게 되었다. 고개를 넘어 골짜기를 내려가니 집이 보인다. 수색을 해보니 인민군(人民軍) 부상자(負傷者)가 1명 있었다. 골짜기를 수색하고 휴식(休息)을 하는데, 대대가 전부 이동하여 수색한 골짜기로 들어왔다. 오후(午後)에는 2시쯤 되어 적 포탄(敵 砲彈)이 날아온다. 세 발째 떨어질 때 가련하게도 미군 5명이 쓰러지고 부상자가3명 났다. 그것을 보니 정신(精神)이 하나도 없고 아무런 생각도 들지 않았다. 인명(人命)은 재천(在天)이다. 용감(勇敢)히 싸우다 죽자.

★6월 3일, 월요일, 晴天(맑음) 밤에

오늘은 고지(高地)에서 내려와 전우들과 고향 이야기, 옛날 이야기를 재미있게 나누다가 오후에는 미군 3명, 정찰병 4명을 소대까지 데려다주고 전우를 만나서 전방(前方) 이야기를 나누다가 저녁식사를 하고 나니 캄캄하다. 지프차를 타고 대대로 복귀하는데 비가 내리기 시작한다. 대대에 돌아오니 고지에 배치다.

비가 쏟아지는데 고지에 올라가 겨우 비를 피해 그날 밤을 새웠다. 아아~그 날 고생은 말할 수 없었다.

6月 4日 雨天

數日前에 交代한다 하며 今日은 後方으로 간다는 消息을
들으니 마음이 기뻤다 빗속을 뚫고 내리는데 高地에서 내려와서
步行으로 出發하였다 60里를 步行으로 行軍하는데 [illegible]
暇이 없었다 午前에는 [illegible]에서 午后에는 元通이라. 元通을
到着하니 해가 저물었다 後方으로 간다드니 [illegible]
된다 元通에서 2晝夜를 休息하고서 移動하게 되었다

6月 15日 晴雨天

[illegible] 麟蹄郡 北面 地区에서 約 10里 前進하여 雨降하는데
天幕을 치고 있느라니까 1.5K 더 前進하여 다시 天幕을
들이 치고 [illegible]里로 移動하여 山高地에 [illegible] 1名과 [illegible]
2名이 天幕을 치고 잠이 익게 勤務를 하였다. 夜間에 勤務를
하는데 [illegible]이 明朗하게 天幕속을 [illegible]

6月 16日 晴天

前日에 雨降하던 날이 무정하게 맑으니 구름한점 없는 晴天한
하늘이다 飛行機가 [illegible] 敵陣에 機銃射擊을 한다 [illegible]
[illegible] 하면서 [illegible] 天幕속에 가서 故鄕에서 지나던 이야기를
追憶하다가 1시를 가는 줄 모르게 보냈다. 夜間에 步哨를
서는데 바람은 솔솔 [illegible] 별빛은 방긋 웃어 [illegible] 마음
[illegible] 하던 동이 [illegible] 步哨勤務에 [illegible]
[illegible] 눈을 [illegible]것이다

1951년 6월 4일~16일

★5월 5일, 일요일, 晴天(맑음)

오늘(今日)은 숙소(宿所)에서 병항군(丙亢 君)과 둘이 고향(故鄕) 이야기를 하고 보내(遊)다가 내의(內衣)를 송성오 군(宋聖五 君) 과 둘이서 빨아 널고서 졸렵기에 잠시 오침(寢)을 하였다. 일어(起)나 보니 저녁식사(夕食) 때가 되어서 식사(食事)를 하고 숙소(宿所)로 가서 노래를 부르고 세성(歲成)을 보냈다.

★5월 6일, 월요일, 晴天(맑음)

6시에 기상하여 소대본부(小隊本部)에 집합(集合)하였다. 부대(部隊)가 미군(美軍)과 같이 수색(搜索)을 나가고 중대본부(中隊本部)에 가서 솟빵과 도야지 고기를 먹고서 정찰차(偵察次) 출발(出發)하였다.

행군(行軍) 中 고개를 여섯 개나 넘었다. 보행(步行)으로 10리를 가니 목적지(目的地)에 도착(到着)하게 되어 저녁식사(夕食)을 하고서 9시부터 11시까지 근무(勤務)를 명받아 (当하여) 근무(勤務)를 하는데 포성(砲聲)에 세상(天地)이 무너질 듯 진동(震動)하였다.

★5월 7일, 화요일, 晴天(맑음)

하늘을 집을 삼아 밤(夜)을 새우고 나니 매우 고달팠다. 보급((補給)이 되지 않아서 식사(食事)를 하지 못하고 과자만 조금 먹었다. 정찰지(偵察地)에서 더 전방(前方)으로 수색(搜索)을 가게 되어 30분가량 가서 점심(午食) 때가 되어 9명이 민가(民家)에서 조금씩 얻어먹고, 그 지역(場所)에서 2시간 휴식(休息) 취하다가 중대본부(中隊本部)로 가니 레이션 박스가 나와 있었다. 그것을 맛있게 먹고 대기(遊)하다가 취침(寢)하였다. 근무(勤務) 시간이 5시부터 6시였다.

6月22日 晴雨天 이케

今日은 夏至日이다 故鄕에서는 감
자를 캐다가 나의 이야기를 하면서 飯을
지여서 먹겠지 하는 生覺이 들었다 天幕 속에
혼자 앉아 있으니 외로운 生覺 故鄕 生覺이 난다
連絡兵으로 [illegible]君과 같이 故鄕의 追憶의 이야기를
하며 노래도 부르고 하고 1日을 보냈다

6月23日 晴天

起床하니 故鄕 山川만 바라보이며 무어라 할 말이
없었다 三三 五五 하늘에 날아가는 까치를 보니
二年前에 兄任과 새벽 이슬 맞으며 田地로
가가든 生覺까지 頭腦 속에 떠올랐다 精神없이
한발짝 두발짝 [illegible] 이슬을 털고 [illegible]
나가서 洗面을 하고 食後에 銃器檢査가 있다
하여 銃器소지를 깨끗이 해놓고 補給을 타다 놓았다
레이숀을 뜯어 보니 과자가 많다. 문득
[illegible] 生覺이 나며 故鄕의 [illegible]
[illegible]. 한 [illegible]

1951년 6월 22일~23일

★6월 22일, 토요일, 晴雨天(맑다가 비)

오늘(今日)은 하지(夏至)이다. 고향에서는 오늘 같은 경우 감자를 캐다가 내 이야기를 하면서 밥을 지어 먹겠지 하는 생각을 하였다. 막사(天幕) 속에 혼자 앉아 있으니 외로워서 고향 생각이 난다. 전화기(電話機)로 병항 군(丙亢 君)을 불러 고향 추억 이야기를 하며 노래도 주고받고 하루를 보냈다.

★6월 23일, 일요일, 晴天(맑음)

기상(起床)하니 (주변이) 고향산천(故鄉山川)처럼 보이며 쓸쓸하기 짝이 없었다. 푸릇푸릇한 풀에 반짝이는 이슬을 보니 2년 전에 형님과 첫새벽 이슬을 털며 밭으로 나가던 생각까지 머릿속에 떠올랐다. 정신없이 한 발 두 발 반짝이는 이슬을 털고 산 계곡(山川)으로 걸어 나가서 세면(洗面)을 하고, 식사 후에는 총기검사(銃器檢査)가 있다고 하여 총기 청소를 깨끗이 해놓고 보급(補給)을 타다 놓았다. 레이션 박스를 뜯어보니 과자가 많다. 문득 고향의 누이(妹弟) 순길이 생각이 나며, 고향 아버님(父親)께서는 모심기하느라 바쁘시겠지 하는 상상에 빠졌다.

6月 24日 晴天

새소리 드높이 靑山이오 無雲 晴天이라

날氣도 좋다 敵을 무찌르고 前進하는 이몸

今日은 새로운 눈물이 나서 精神中 흥이 났었다

아— 故鄕이란 외롭구나 하는 늙은 生覺이 들며

이런 生覺 저런 生覺 하다가 잠이 들었다

6月 25日 晴天

자고 깨니 昨年 生覺이 새로히 머리속에 떠올랐다

避難을 가는데 저 북한 人民共和國을 처부시고

平和로운 生活을 찾으려 하였더니 今年에는 북한 人

北傀 占令하에 再日 날이 前進되는 二十世紀 男兒

라. 이때에 北 人民 中共軍 있는 데로 함께 드려 물오히

처부실것 같았다. 웬일인지 눈은 今日에 와서 더 많으니

病院에 가서 치료를 하고 天幕속을 출하다가 누앞은 것을

무릎에 片紙를 쓰고 서서 中隊長 가는 편에다

부쳤다

Soon Hong Pak.

追憶을 더듬어서

若輩의

갈매기를

접자고

1951년 6월 24일~25일

★6월 24일, 월요일, 晴天(맑음)

산천((山川)은 푸르러 청심(靑心)이요, 구름 한 점 없는(無雲) 맑은 날(晴天)이라 일기(日氣)도 좋다. 적(敵)을 무찌르고 전진(前進)하는 이 몸, 오늘은 별안간 눈병이 나서 정신이 하나도 없었다. (정신을 놓고 있었다) 아아~~~타향(他鄕)이란 외롭구나 하는 슬픔이 밀려와 이런 생각 저런 생각 하다가 잠이 들었다.

★6월 25일, 화요일, 晴天(맑음)

자고 일어나니 불현 듯 지난 생각이 떠올랐다. 피난(避難)에서 벗어나도록 하루 빨리 인민공화국(人民共和國)을 쳐부수고 평화(平和)로운 생활을 했으면 하지 않았던가. 오늘의 나는 38선 이북(以北)을 점령(占領)하여 매일같이 전진하는 이십세기(二十世紀) 열혈(熱血) 남아(男兒)라,이때만 해도 모든 인민, 중공군이 있는 곳이라면 어느 곳이든 뛰어들어 묵묵히 모조리 쳐부실 것 같지 않았던가. 그런데 웬일인지 오늘 눈이 더 아팠다. (어쩔 수 없이) 병원(病院)에 가서 치료를 하고 막사(天幕)로 돌아와 아픈 눈을 무릅쓰고 편지를 한 장 써서 중대장(中隊長) 가는 편에 부쳤다.

六月 二三日 晴天 에서

朝起하니 눈이 완전에 붙어서 떠지지가 않았다 하는 수 없이 病院에가서 치료를 하려 하였으나 [illegible] 불쾌하였으나 하기에 뜻이 [illegible] 약수를 찾아서 시했다 아 참으로 客地生活이란 苦情도 하구나 몸이 앓으니 어느 누가 대다 보는 사람은 없구나 하는 生覺이 들어 눈물을 흘렸었다 그런 공상을 하는데 [illegible] 이 눈이 좀 나아지고 [illegible] 하였다 客地에서는 故鄕 親戚이 父母 보다 낫다는 것을 깨닫는다 [illegible] 映畵 구경을 갔었다 재미는 있는 것 같으나 눈이 앓어 구경도 못하고 [illegible]으로 돌아 가서 [illegible] 客地에 對하여 이야기 하다가 잠이 들어 버렸다

六月 廿四日 晴天

今日도 前日과 같이 눈이 앓어 왔다 [illegible] 에 가서 [illegible] [illegible] 하려고 [illegible] [illegible] 치료를 하고 나니 [illegible] 하게 [illegible] [illegible] 하는 생각을 하고 [illegible] [illegible] 그 [illegible] 았다

1951년 6월 16일~27일

★6월 26일, 수요일, 晴天(맑음)

세수를 하니 눈이 한데 붙어서 떨어지질 않았다. 하도 아프기에 병원(野戰病院인 듯)에 가서 치료를 하려 하였으나, 오늘은 뜨뜻한 물로 씻으라고 하여 뜨뜻한 물로 일삼아 앉아서 씻었다. 아아~~참으로 객지생활(客地生活)이란 무정(無情)도 하구나. 몸이 아프니 어느 누구가 들여다보는 사람도 없구나 하는 생각이 들어 눈물을 흘렸다. 그런 별 생각을 하고 있는데 丙亢 君이 눈이 좀 나았냐고 문병을 왔다. 객지(客地)에서는 고향 친구가 부모보다 낫다는 것을 깨달았다. 비록 눈은 아프더라도 영화(映畫) 구경을 갔다. 재미는 있는 것 같았으나 눈이 아파 구경도 못 하고 막사(天幕)로 돌아와서 소대장님과 객지에 대해 이야기하다가 잠이 들었다.

★6월 27일, 목요일, 晴天(맑음)

오늘은 어제와 같이 눈이 아파왔다. 도랑에 가서 세수를 하고 숙소로 돌아와 식사 후에 야전병원에 가서 깨끗이 치료를 하고 나니 시원하고 날아갈 것 같았다. 아아~~내일이면 낫겠지 하는 생각도 하고 자신감을 머릿속에 그려보았다.

六月二十八日 晴雨天

今日은 28日 前進이다 10時쯤되어
車를타고 出發하였다 險한 우리 部隊는 큰
山봉이라도 뚫고 나갈듯이 勇敢하게 달리는 車에서
뒤를 돌아다보니 車가 列을 지어진것이 K[illegible] 가는 되다
目的地에 到達하니 1時다 交番을해 놓고 病院에가서
治療를하고 寢所에 歸하여 잠이 [illegible]게 就寢하였다

六月 二十九日 晴天

今日은 [illegible] 晴天 이라 午前에는 銃器 檢査가 있어서
手入 하여 놓고서 10時에 銃器檢査를 맡이고
午后에는 [illegible] 알이고 洗濯을하였다 小隊長任도
[illegible]하는데 朴[illegible]이 韓國軍[illegible]가서 밥을가지고 왔기에
밥을 그릇에 [illegible] 小隊長任과 맛있게 비벼 먹었다

六月 三十日 晴天

今日은 아직이 食事다 [illegible]하자니까 食了 [illegible]이 붙어 빨리
나레가서보니 벌써 集合하여 있었다

~~今日은 [illegible]이 좋은~~
[illegible] 三字[illegible]에서
하자서 氣合 [illegible] 食了 [illegible]
小隊長任과 [illegible]하면서 [illegible]
이 그리워지고 언제나 [illegible]時節을 [illegible] [illegible]이 [illegible]
다 [illegible]한 이야기를하며 보니 하늘 [illegible]
[illegible]이 [illegible]
[illegible]미 [illegible] [illegible] [illegible] 감각하 [illegible]것이다

1951년 6월 28일~30일

★6월 28일, 금요일, 晴雨天(맑다가 비)

오늘 28일은 전진(前進)이다. 10시쯤 되어 차를 타고 출발하였다. 막강(莫强)한 우리 부대(部隊)는 마치 큰 산더미라도 뚫고 나갈 듯이 용감(勇敢)하게 달려나갔다. 달리는 차에서 뒤를 돌아보니 차가 마치 시내를 이룬 듯 몇 킬로미터 가량 뻗쳐 있다. 목적지에 도착하니 오후1시다. 천막을 쳐놓고 야전병원에 가서 치료를 하고 숙소(宿所)에 돌아와 재미있게 놀았다.

★6월 29일, 토요일, 晴天(맑음)

오늘은 긴 구름이 드리운 맑음이다. 오전에는 총기검사가 있어서 수입하여 놓고서 9시에 총기검사를 하였다. 오후에는 수색(搜索)을 마치고 세탁을 하였다. 소대장님과 시간을 보내는데, 박선임이 한국군 진영에 가서 밥을 가지고 왔기에 배가 고팠던 터라 소대장님과 맛있게 비벼먹었다.

★6월 30일, 일요일, 晴天(맑음)

오늘은 일찍 식사다. 일어나니까 식사 나팔을 불어 빨리 내려가서 보니 벌써 집합하여 있었다. 오늘은 눈병이 완전히 나아 기분좋게 식사를 하고 서늘한 그늘에서 소대장님과 담소를 나누다 보니, 고향 집이 그리워지고 언제 평화시절(平和時節)이 와서 고향 부모님을 뵙고 지난 이야기를 하나 하는 생각에 (잠시) 잠기다. 친한 친구들과 재미있게 놀던 추억이 간절하게 떠올랐다.

My Dear 에게

七月 一日 晴天

歲月은 빠르기도 하다. 어느덧 1個月이 經過되였다. 銃器 操作을 일주일 끝마치고 제이송을 되자가 合宿하는데 몸과자 其他 이름모르는 과자를 보니 故鄕이 生覺이 불득나며 보고 싶었으나 할수없는 형편이였다. 午后 五時쯤되어 美軍들과 야구를 하러 갔었다. 1年前의 가까운 평화 平和時代 같았다. 편을 갈아가지고 자미게 遊하였다. 2:1로 勝負가 나고, 또한번 하려 하였으나 날이 어두워서 고만 헤메지고 말았다.

七月 二日 晴天

每일같이 銃器 소지를 해야한다. 食後 오면서 銃 소지를 하며 놓고 그럭저럭 午後가 되어 中隊 本部에서 天幕에 偽裝을 하며 닥치 하여 1時間가량 偽裝하여 주고서 배구를 하게 되어 또 실증하기에 혼이 났었다. 外國人의 말을 못 ... 이서 좋은 時間 같았다. 잠이 억게 遊하다가 最後에는 1回를 勝利하고 고만 헤메지고 말았다.

Soon Hong Pak.

1951년 7월 1일~2일

★7월 1일, 월요일, 晴天(맑음)

세월은 빠르기도 하다. 어느덧 한 달(一個月)이 지나갔다(經過되었다). 총기소지를 일찍 끝마치고, 레이션 박스를 타다가 뜯어먹는데(受取) 껌, 과자, 기타 이름 모르는 과자를 보며 문득 순길이 생각이 나며 보고 싶었으나 나갈 수도 없는 형편이다. 오후 1시쯤 되어 미군(美軍)들과 배구를 하러 갔었다. 적진(敵陣)이 가깝지만(가까울망정) 마치 평화시대(平和時代) 같았다. 편을 갈라서 재미있게 게임을 하였다. 2:1로 승부(勝負)가 나고, 또 한 차례 하려고 하였으나 이미 어두워져 그만 헤어지고 말았다.

★7월 2일, 화요일, 晴天(맑음)

매일같이 총기소지를 해야 한다. 오후 다른 사람(보다) 먼저 총기소지를 하여 놓고 그럭저럭 오후가 되었다. 소대장 본부에서 천막위장을 달아달라고 하여 1시간가량 위장을 하여 주고서(미군 진영에서) 배구를 하기에(또 심심하기에) 놀러 갔었다. 외국인이지만 정(情)을 붙이니 참 좋은 사람(人間)들이었다. 재미있게 게임을 하다가 오후에는 한 게임 승리하고 그만 헤어지고 말았다.

七月 三日. 晴天

어느 때인지 父母를 만나서 반가운 눈물을 흘리다가 깨어보니 夢中이로다 꿈이로구나 깨어난 後에 잠이 들지 않게 하고 故鄕 生覺만 하면서 아— 문득 生覺이 났다. 永世에서 消息 듣기 前 父親任이 편찮으시다더니 아직도 決定치 못하신가 보다 하는 生覺도 들었다. 그럭저럭 누워서 [illegible] 밖을 나가보니 저 멀리 보이는 故鄕에 흐릿하게 많이 보였다. 今日은 하루 生覺도 없이 속으로 눈물만 지었다. 午後에는 좋은 消息이 들었다. 내일 극단이 왔다 하여 場所 우리는 구경을 [illegible] 앉아 보다가 宿所로 歸하여 잠이 들어 버렸다.

七月 四日. 曇晴天

今日은 극단이 왔다. 아침부터 구경 軍人이 마당에 모여 든다. 10里 前方에 있는 三大隊에 [illegible] 兵들도 왔었다. 같이 앉아서 一線에서 戰鬪하던 이야기를 하다보니 극단이 始作되었다. 처음에는 기타 및 바요링 키는 맛이었다. 참으로 잘 들리고 있었다. 其後에는 웃으운 이야기도 하고 音樂도 하고 하는 것 같았으나, 듣고도 알지 못하니 재미가 없었다. 約 2時間에 끝맺이고 其后 [illegible] 美海兵隊에 와서 [illegible] 한 이야기며 여러 가지 여러 가지 잠이 [illegible] 하다가 헤어져 버렸다.

七月 五日 雨晴天

잠이 깨어 보니 비가 부슬부슬 내린다. 今日 2時부터 극단이 始作된다는데 비가 많이 오기 시작했다. 2時가 되니 마음먹은 대로 비가 끝이고 햇빛이 나려 쬐었다. 조금 있으니 美國 女子가 [illegible] 美軍들이 좋아서 휘파람을 불며 사진도 찍고 박수를 치고 [illegible] 나는 비로소 美國

1951년 7월 3일~5일

★7월 3일, 수요일, 晴天(맑음)

(시점이) 어느 때인지 몰라도 부모님을 만나 반가운 눈물을 흘리다가 깨어보니 (캄캄한) 밤이라 꿈이로구나. (잠이) 깨버린 뒤에 엎치락뒤치락 (다시) 잠이 들지 않아 고향 생각만 하다가, 아아~(그래), 문득 생각났다. 영천(永川)에서 소식 듣기를 부친께서 편찮으시다더니 아직도 쾌차(快差)를 못 하셨나 보다 하는 생각이 들었다. 그럭저럭 날이 새서 밖을 나가보니 저 멀리 고향 하늘이 보일 듯 말 듯 잡힐 듯 말 듯하였다. 오늘은 하루종일 아무 생각도 나지 않고 (못하고) 속으로 눈물만 삼켰다. 오후에는 좋은 소식이 들어왔다. 내일 (위문공연) 극단이 온다 하여 무대(場所)를 꾸미는 구경을 맥없이 앉아 보다가 숙소로 돌아와 잠이 들어 버렸다.

★7월 4일, 목요일, 雲晴天(흐리고 맑음)

오늘은 극단(아마도 미국 위문공연단인 듯) 위문공연이 있다. 참가(구경)할 軍人들이 많이 모여든다. 10리 前方에 있는 3大隊에 배속(配屬)된 전우(戰友)들도 왔었다. 같이 앉아서 일선(一線)에서 전투(戰鬪)했던 이야기를 하다보니 공연이 시작되었다. 처음에는 기타 및 그룹연주를 하는 막이었다. 참으로 잘들 연주하였다. 그 다음에는 웃기는 얘기(코미디 또는 만담인 듯)를 하고, 노래(音樂)를 하는 것 같았으나 듣고도 (그 내용을) 알지 못해서 재미가 없었다. 개인 장기시간이 끝부분이고 그 후 3대대 전우들과 미 해병대((美海兵隊)에 와서 고생한 이야기며 이런저런 이야기로 꽃을 피우다가 헤어져 버렸다.

七月 三日 晴天

어느덧이 父母를 만나서 반가운 눈물을 흘리다가 깨여보니 夢中이로다
꿈이로구나. 깨여난 後에 잠이 들지 않음에 하고 故鄕 生覺만 하면서
아— 문득 生覺이 났다. 永川에서 消息 듣기를 父親任이 편찮으시
다드니 아직도 決定치 못하신가 보다 하는 生覺도 들었다. 그럭저럭
앉아서서 몰래이 밖을 나가보니 저 멀리 보이는 故鄕에 흐르는 하늘만이
보였다. 今日은 別로 아무 生覺도 없이 속으로 눈물만 지었다. 午後에는
좋은 消息이 들었다. 내일 극단이 온다 하며 場所 준비는 구경을 맞이 없이
앉아 있다가 宿所로 歸하여 잠이 들어 버렸다.

七月 四日 曇晴天

今日은 극단이 온다. 아침부터 구경 準備에 마음이 모여든다. 10時 前에 있는
三大隊에 面會 왔던 友達들도 왔었다. 같이 앉아서 一線에서 戰鬪하던
이야기를 하다 보니 극단이 始作되었다. 처음에는 기타 및 바요링 키는 맛이었
다. 참으로 잘 들리고 있었다. 其後에는 웃기운 이야기도 하고 音樂도 하고 하는 것
같았으나 듣고도 알지 못하니 잠이 가 없었다. 晝食時間에 끝맞이고 其后 故鄕
親友들과 美海兵隊에 와서 苦生한 이야기며 여러 가지 여러 가지 잠이 오도록
談하다가 헤여져 버렸다.

七月 五日 雨晴天

잠이 깨여 보니 비가 부슬부슬 하였다. 今日은 2時부터 극단이 始作 된다는데
에 비가 많이 오기 시작했다. 2時가 되니 마음먹은 대로 비가 끝이고 햇빛
이 나려 쪼였다. 조금 있으니 美軍 女子가 길쌈을 타고 오니 美軍들이 좋아서
휘파람을 불며 사진도 찍고 야단을 하고 길목에 낙 됐다. 나는 비로소 美軍

★7월 5일, 금요일, 雨晴天(비가 오다 갬)

잠을 깨어보니 비가 부슬부슬 내린다. 오늘은 오후 2시부터 극단 위문공연이 시작된다고 하여 비가 오지 않기를 바랐었다. 2시가 되니 (신기하게) 마음먹은 대로 비가 그치고 햇빛이 내려쏘였다. 조금 있으니 미국여자(美國女子)가 지프차를 타고 왔고, 미군들이 좋아서 휘파람을 불고 사진도 찍고 별별 짓을 다하며 흥분해서 날뛰었다. 나는 미국여자를 처음 보는 것이었다. 매우 아름답고 간사하게 보였다. 정각(오후) 2시가 되자(공연은 시작되었고) 어제보다 재미있었다. 공연을 구경하는 중 놀란 것은 (미국여자들이) 댄스를 하는 것이었다. 나는 처음 보는 것인데, 戰友들은 한국여자만큼 잘하지 못한다고 말하였다. 극단(공연)은 한 2시간 후 (모두) 끝이 났고, (뿔뿔이) 헤어졌다.

My Dear ; ㄱ. 에게

女子 [illegible] 처음보는 것이 였다. 매우 아름
답고 간사하게 보였다 그 [illegible] 女子와 前에 보자는
재미가 있었다 극단을 구경하는 중 놀란 것은 [illegible] 쓰하는
것이 였다 나는 처음보는 것인데 [illegible] 韓國女子
만큼 잘 하지 못한다고 말 하였다 극단은 約2時間
後 끝이 나고 헤여졌다

七月九日 雲雨天

今日은 日曜日 [illegible] 銃檢査다 今日은 銃檢査를 받아서
美軍 中隊長에게 칭찬을 들었다 檢査를 끝맞이고나니
비가 부슬부슬 내린다 天幕 속으로 가서 [illegible] 하다 今
日夜間에 映畫가 있다 하여 夕食을 끝맞이고 구경을 가서
보니 美軍들이 千餘名 集合되여 있었다 10時 쯤되여 映
畫機가 고장이 나서 섭섭하게 헤여저 버렸다.

七月十日 雲雨天

今日은 全隊員이 내가로 衣服을 빨어 [illegible] 1時 까지 빨아
말리고 部隊로 오니 배가 나린다. 배는 [illegible]
집에 [illegible] 로 가 [illegible] 혼자 [illegible]
가 되여 비가 [illegible] 夕食時
[illegible] 마다 [illegible] 映畫구경으로 [illegible] 夜間에는 映畫가 있다
[illegible] 보니 참으로 재미 있었다 어느 나라든 [illegible]
하대금. 다툼이 [illegible] 것이라 映畫를 하여금 이러한 [illegible] 를 하였다.
10時에 끝맞이고 就寢하였다.

1951년 7월 9일~10일

★7월 9일, 화요일, 雲雨天(흐리다 비)

오늘은 부대 간(미군과 한국군 간의 교차 총기검사?) 총기검사다. 오늘은 총기검사를 받아서 미군 중대장에게 칭찬을 들었다. 검사를 끝내고 나니 비가 부슬부슬 내린다. 막사(天幕)로 가서 재미있게 지내다가 야간에 영화(映畫)상영이 있다고 하여 저녁식사를 마치고 상영장(구경)에 가서 보니 미군들이 千餘 名 집합(集合)해 있었다. 10시쯤 되어 영화기계(影像器)가 고장나서 심심하게 막사로 돌아왔다. (헤어져 버렸다.)

★7월 10일, 수요일, 雲雨天(흐리다 비)

오늘은 전 대원이 냇가로 옷(衣服)을 빨러 나가서 1시까지 세탁을 하고 부대로 복귀하니 비가 내린다. 비가 날마다 잘 내린다마는 나는 왜 집에 한 번도 가지 못할까 하고 혼잣말로 중얼거리며 생각에 빠졌다. 저녁식사를 마치니 비가 그친다. 야간에는 영화상영이 있었다. 저녁마다 잠도 많이 자고 밤에는 영화로 세월을 보냈다. 오늘 영화는 참으로 재미있었다. 영화를 감상하면서 든 생각은 어느 나라나 여자로 인해 (아마도 미국영화인 듯) 다툼이 많다는 것이다. 12시에 영화가 끝나고 취침하였다.

My Dear 군 에게

七月十三日 晴天

食事는 말소리에 起床하여보니 8時라 食後 또 讀
[illegible] 後에 片紙를 한장 써서 [illegible]하고 車가
떠나는데까지 짐을 실어주고 왔다. [illegible] 後에 [illegible] 君 天幕
속에서 遊戲하다가 夕食을 먹었다. 夜間에는 映畵구경을
가서 보니 美軍들의 戰亂의 영화였다. 映畵에 南아메리카
에서 北아메리카 [illegible] 映畵였다. 마침 또 韓國戰
爭과 同一한 것이라고 볼수 있었다. 今晩夜間은 映畵로 歲月을 보내
고 寢하였다.

七月十四日 晴雨天

前晩에 늦도록 잠을 자지 못하였더니 잠이 나쁘다. 食後
에 즉시 晝寢하였다. 누군지 깨우기에 起床하여보니 12時다.
勤務交代를 하고 3時까지 勤務를 한後 交代하여 夕食을
하고 映畵구경을 가지않고 즉시 寢하였다.

七月十八日 晴天

前日에 [illegible] 하며 [illegible]
體操를 한後 朝食을 하고 [illegible]
訓練 [illegible] 後에 빨래를 해 옷이 [illegible]
夕食을 하고 映畵구경을 [illegible] 하였다

그리워
[illegible] 8時에 起床 [illegible]
追憶을 더듬어 [illegible] 後에
[illegible] 하며
갈매기를 [illegible]

1951년 7월 13일~18일

★7월 13일, 토요일, 晴天(맑음)

식사(食事) 나팔소리에 기상(起床)하고 보니 5시다. 식사 후에 출장(出張)나온 박병직(朴兵直) 편에 편지(便紙)를 한 장 써서 부탁을 하고, 그가 간다는 데까지 짐을 실어주고 왔다. 오후에는 丙亢 君 막사에서 머물러 있다가 저녁식사를 하였다. 야간(夜間)에는 영화를 보러 갔는데, 미군들의 전쟁(活亂) 영화였다. 미국 초기에 남아메리카가 북아메리카를 쳐들어가는(아마도 南北戰爭 영화인 듯) 영화였다. 마치 지금의 한국전쟁(韓國戰爭)과 같은 영화라고 볼 수 있었다. 오늘은 영화로 하루를 마무리하고 잠자리에 들었다.

★7월 14일, 일요일, 晴雨天(맑다가 비)

지난밤에 늦도록 잠을 자지 못하였더니 몹시 피곤하다(잠이 나쁘다). 아침식사 후에 바로 낮잠에 빠졌다.

누군가 깨우기에 일어나 보니 12시다. 근무교대(勤務交代)를 하고 3시까지 근무를 한 후 교대하여 저녁식사를 하고 오늘은 영화를 보러 가지 않고 바로 취침하였다.

★7월 18일, 목요일, 晴天(맑음)

어제 이동(移動)하여 숙소(宿所)로 왔다.

4시에 기상하여 체조를 하고 아침식사 후 총기검사를 하고 훈련을 한 후에 빨래를 깨끗하게 해놓고 숙소로 돌아와 저녁식사를 하고 영화관람을 재미있게 하였다.

My Dear 九. 에게

七月 一九日 晴天

前日과 同히 經理를 取하고 4時쯤 되여 故鄕에
갓던 徐炳九가 部隊에 到着하여 왔다
家族을 동생이나 가져와서 읽어보니 平安으로서
눈물이 흘러감을 禁치 못했다 아— 언제나 언제나 故
鄕에 가서 父親任의 膝下에 계시는 것을 [illegible]
[illegible] 할까 하는 感을 느꼈다.

七月 二十日 雨天

今日은 비가 나렸다 비를 맞어 가며 朝飯을 먹고 天幕에
들어 앉어니 [illegible]이 [illegible]하여 진과 小隊長任과 非公式的
으로 休暇를 한번 보내 달라고 하였더니 美軍責任者에게
말하여 보고와서 절대로 [illegible] 되라고 하여 小隊長任 自體
로 本家가 먼사람은 3日間 가까운 사람은 2日間 주기
로 決定되여 나는 第四번에 가기로 決定되였다
近日에는 美軍들과 마음이 안맞어서 小隊長이 辭職을 하고
隊員이 [illegible]
[illegible]하는 것을 마음을 가루는 없에 놓고 今日은 全
하고 좋어서 1日을 보냈
遊戲를 하면서
苦難의
갈메기를
잊자

1951년 7월 19일~7월 20일

★7월 19일, 금요일, 晴天(맑음)

어제와 같이 이동을 하니 4시쯤 되어 고향에 갔던 徐洪九가 부대에 도착해 있었다. 편지(便紙)를 두 장이나 가지고 와서 읽어보니 (그 내용이) 자식(子息)으로서 눈물을 아니 흘릴 수 없었다. (아마도 부친이 병상에 있다는 내용이 있는 듯) 아아~~~슬프다. 언제나 고향에 가서부친(父親)께서 병(病)들어 계신 것을 위로하여 드릴 수 있을까 하는 (안타까운) 감정을 느꼈다.

★7월 20일, 토요일, 雨天(비)

오늘은 비가 내린다. 비를 맞아가며 아침식사를 하고 막사(天幕)에 들어앉으니 비가 점점 더거세진다. 소대장님께 비공식적으로 휴가(休假)를 한 번 보내달라고 하였더니 미군 지휘관(美軍指揮官)에게 청원해 보고 (돌아)와서는 절대 안 된다고 하여, 소대장님과 타협 끝에 자체적으로 본가가 먼 사람은 3일간, 가까운 사람은 2일간 (외박을) 가는 것으로 결정하여 나는 두 번째로 가게 되었다.

최근(近日)에는 미군(美軍)들과 마음이 안 맞아서 소대장님이 사직(辭職)하고 간다는 것을 마음을 가라앉혀 놓고, 오늘은 전 대원이 식사 단식으로(소대장 마음을 돌리려고) 굶으며 하루를 보냈다.

二十七日 木曜 晴天

今日은 休暇로 本家에 한번 가보는 날

起床하여 문득 生覺나는 것이 내가 休暇를 갖지 되라는 것이 頭腦 속에 떠올랐다. 今日에야 말로 家庭에 가서 父母兄弟를 찾나서 喜喜樂樂으로 지내보겠구나 하는 生覺을 하니 매우 기뻤다. 8時에 朝飯을 먹고 8時30分에 車에 탔다. 1時15分에 [illegible]川에 到着하여 1時에 [illegible]川을 出發 橫城을 3時에 到着하였다. 書院支署에 계신 兄님에게 電話를 걸려 하니 通하지 않는다 하여 家로 向하여 가는 途中 [illegible]에서 兄님을 만나서 반갑게 人事를 하고 兄님은 橫城으로 볼일 보러 가시고 나는 家로 들어갔다. 家族들이 어떻게 알고 [illegible] 나가 맞았다. 반가히 맞이하며 같이 本家로 들어가서 [illegible] 祖母께서와 伯父께서 世上을 떠나셨다. 참으로 슬펐다. 빨리 산소에 가서 참배를 하고 [illegible]에 [illegible] 人事를 하고 夕食을 하고 親舊들과 같이 苦生한 이야기며 재미있는 이야기며 [illegible] 하였다. 가家로 歸하여 [illegible] [illegible]

追憶을 더듬어서

苦難의 갈매기를 [illegible]

1951년 7월 22일

★7월 22일, 월요일, 雲晴天(흐리고 맑음)

오늘은 휴가(休假, 外泊)로 본가(本家)에 한 번 가보는구나. 기상하자 문득 오늘 드디어 휴가를 갈 차례구나 하는 것이 떠올랐다. 오늘 드디어 집으로(家內) 가서 부모형제((父母兄弟)를 만나 기쁨과 즐거움(喜樂)으로 지내보겠구나 하는 생각에 매우 기뻤다. 8시에 아침식사를 하고 8시 30분에 차에 올라탔다. 1시에 홍천(洪川)에 도착하여 1시 15분에 홍천을 출발하여 횡성(橫城)에는 3시에 도착하였다. 서원지서(書院支署)에 계신 형님에게 전화(電話)를 하니 통화가 되지 않는다고 하여 집으로 가는 도중에 냇가에서 형님을 만나 반갑게 인사를 하였다. 형님은 횡성 서(署)에 볼일 보러 가시고 나는 집으로 들어갔다. 가족(家族)들이 어떻게 알고 마중을 나와 있었다. 반갑게 맞이하여 같이 본가로 들어가서 보니 (들으니) 조모(祖母)께서 백부(伯父)가 세상을 떠나셨다고 전해주어 참으로 슬펐다. 얼른 산소에 가서 성묘를 한 후 대소가에 다니면서 인사를 하였다. 저녁을 먹고 친구들을 만나 고생한 이야기를 나누며 재미있게 보내다가 집으로 돌아와 웃음으로 하룻밤을 보냈다.

八月 二十日 曇雨天

오후 5시에 하루 일이 끝나. 6時에 食事를
마치고서. 移動 準備를 完全히 하고 待期하다
가 10時에 出發하였다. 勇敢한 우리 部隊는 山이
라도 뚫고 갈 것만 같았다. 1時間을 걸어가다가 어느 곳으로
들어갔다 여기가 目的地인 것이다 新編成地로
와 下車하여 劉璧高地로 配置 되어 壁山을 上達하여
天幕을 치고 夜間에 敵襲을 當하는데 비는 부슬부슬 오고 외로
움이 났었다. 개구리 우는 故鄕山川을 바라보며
빗소리 주룩주룩 나리는 마을 우리는 지금 집에도 못 가는구나
하며 속으로 눈물이 계속 했다 그러한 困難을 하는 동안
에도 砲聲은 如前히 울리고 있었다

八月 二十一日 晴天

今日은 아침부터 降雨 한다 비가 내리며 故鄕生覺이
如前히 났다 高地에서 나려올 수 없어서 食事도 못하고
굶어 있다가 잠이 들었다 아— 꿈이다 꿈에 본 이 꿈이다
家族에서 나를 매우 모래 하는가 보고 하는 生覺이 나는다
今日 에는 交代가 들어와서 高地를 내려와서 夕食을
食하고 寢하다가 2時30分에 當番에 [illegible]했다 [illegible]에게
떠나고 當番 場所로 가보니 美軍이 一名이 기다리고 있었다
이리저리 [illegible] 할 줄 모르는 英語를 하면서 잠이 막 [illegible] 하는데. 生覺이
처량하게 나의 마음을 쓸쓸하게 하였다

1951년 8월 20일~21일

★8월 20일, 월요일, 雲雨天(흐리고 비)

35일 만에 위로 이동이다. (새벽) 4시에 식사를 마치고 이동준비를 완전(完全)하게 하고 대기(待期)하다가 10시에 출발하였다. 용감(勇敢)한 우리 부대는 산이라도 뚫고 나갈 것만 같았다. 1시간을 달리다가 어느 골로 들어갔다. 여기가 목적지(目的地)인 것이다. 인제 서화지구(瑞和地區)이다. 하차하여 측면고지(側面高地)로 배치(配置)되어 벽산(碧山)을 끼고 막사(天幕)을 치고 야간에 근무를 서게 되었는데, 비는 부슬부슬 오고 외롭기 한이 없었다. 丙亢 君과 둘이 고향산천을 바라보며 비는 지독하게 내린다마는 우리는 지극히 집에도 못 가는구나 하며 속으로 눈물겨워졌다. 그러한 회상(回想)을 하는 동안에도 포성(砲聲)은 여전히 울리고 있었다.

★8월 21일, 화요일, 雨天(비)

오늘은 아침부터 비가 내린다. 비만 내리면 고향생각이 여전히 나는 것이다. 고지에서 내려올 수 없어서 식사도 못 하고 누워 있다가 잠이 들었다. 아~~꿈이다. 깨어보니 꿈이다. 집에서 나올 때를 기다리는가 보다 하는 생각을 하였다. 오후에는 교대가 올라와서 고지를 내려와 저녁식사를 하고 잠을 자다가 3시 30분에 근무를 올라갔다. 총을 어깨에 메고 근무 장소(勤務場所)로 가보니 미군 1명이 기다리고 있었다. 이리저리 다니며 할 줄 모르는 영어(英語)를 하면서 재미있게 근무를 하는데 달빛이 처량하게 나의 마음을 흔들어(散亂) 놓았다.

八月 二十二日 晴天

今日은 高地로 올아가게 되엿다 張[illegible]

와 두리서 언아온 쌀로 밥을하여 맛잇게 먹고 나니

교대時간다 10時30分서부터 12時 까지 勤務에 붙하게

되매 [illegible]이 [illegible]하엿다 어느 쎌지 신을 잇어 버려가지고

애를쓰다 개니 교대 12時라 이상도하다 故鄕에 父親

任이 아직도 決定치 못하신 가본다 하는 生覺이 들엇다

勤務時에 悲嘆으로 때우고 [illegible]하엿다

八月 二十三日 雨天

今日도 降雨는 如前 하다 朝飯이하고 저녁을하고 맞

홈 [illegible] 놀이 잇다가 잠이 들어버렷다 새삼스로히

父親任을 만나서 반갑게 이야기 가운하는데 누군지 깨우

는 音聲이 들엿다 깨에보니 꿈이엿다 이사람아 만낫던

父親任을 뵈보앗나 하니 꾸지람을 주엇다 배는 조금도

배지 않고 無限히 조라린다 [illegible] 두리 過去에 [illegible]

을 잊저보며 追憶으로 回想하에 잠겻다 [illegible] 勤務時에

이리에 [illegible] 그리고 [illegible]

로서 가서 [illegible] 이러[illegible] [illegible] 父母兄弟와 [illegible]

를 [illegible] 이제 [illegible]

할까 아 世上을 [illegible] 할까 나를 [illegible]

1951년 8월 22일~23일

★8월 22일, 수요일, 雨天(비)

오늘은 고지(高地)로 올라가게 되었다. 장씨(張氏)와 둘이서 얻어온 쌀로 밥을 하여 맛있게 먹고 나니 (오후) 정각 6시다. (야간) 10시 30분부터 12시까지 근무를 서게 되어 일찍 취침하였다.

어느 땐지 신을 잊어버려 (가지고) 애를 쓰다 깨니 정각 10시다. 이상도 하다. 고향에 계신 부친께서 아직도 쾌차(快差)하지 못하신가 보다 하는 생각이 들었다. 근무시간은 염려하는 마음(念心) 때우고 취침하였다.

★8월 23일, 목요일, 雨天(비)

오늘도 내리는 비는 여전하다. 아침식사를 하고 커피를 한 깡통 끓여 마시고 누워 있다가 깜빡 잠이 들었다. 새삼스럽게 부모님을 만나서 반갑게 이야기를 하는데 누구인지 깨우는 음성이 들렸다. 깨어보니 꿈이었다. 이 사람아 (금방) 만난 부모님을 왜 보내게 하였나 하며 꾸지람을 주었다. 비는 조금도 그치지 않고 무한히 쏟아진다. 병항 군(丙亢 君)과 둘이 과거에 쓴 일기를 읽어보며 추억을 회상하여 보았다. 어느덧 근무시간이 되어 대검을 착검하고 내리는 비를 무찌르고 밖으로 가서 보초(步哨)를 서면서 이런저런 생각을 하다. 부모형제와 처를 저버리고 홀로 된 사람은 이내 신세를 어디에다 하소연할까. 아 세상을 원망할까, 자신을 원망할까.

八月 二十四日 晴天 이게

每日같이 繼續되는 비는 원수였기로
하였다. 高地로 나려와서, 그럭저럭 午后가
되여 구름이 뭉게뭉게 거치르니 太陽이 웃는듯이 世上을
찾어주었다. 食事하고 第二生命인 銃手入을 하고
寫眞 소-지를 한 然後에 누군지 깨우는 소리가 난다
깨여보니 술을 받아다 먹으면서 飮酒하라 하였다
술을먹으면서 노래도부르고 춤도추고 遊하다가 寢하려
하니 困愁에 까뻐서 잠을 이루지못하고, 二時가 되여 서
銃을메고 美軍과 둘이서 動哨하는데, 야속한 달빛은
나의마음을 쓸쓸하게 하여 주었다. 그時間을 달빛만
처다보고 있다가 交代하였다

八月 二十七日 雨天

今日은 특별한 命令이다 雨降하고 날은 어두운 때에
어느골짜기로 들어갔다 目的地에 到着하니 衣服은
마련없이 젖어서 몸이부르르 떨리 [illegible]
따끔하 [illegible] 날린다 [illegible] 바루러 天幕을 [illegible]
衣服을 짜 입었다 아 — 苦生이 막심하였다 [illegible]
떨리는몸을 寢臺속에 대하고, 쓸쓸 [illegible] 하였다

갈매기를
잡지2

1951년 8월 24일~27일

★8월 24일, 금요일, 雨晴天(비오다 갬)

매일같이 계속(繼續)되는 비는 원수 같기도 하였다. 고지를 내려와서 그럭저럭 오후가 되어 구름이 뭉게뭉게 개이더니 태양(太陽)이 웃는 듯이 세상을 맞이하여 좋았다. 식사를 하고 제2생명인 총기수입(銃器修入)을 하고 숙소(宿所) 청소(소지)를 한 후에 누구인지 깨우는 소리가 난다. 깨어보니 소주를 받아다 먹으면서 음주(飮酒)를 하라고 권하였다. 술을 마시면서 노래도 부르고 춤도 추고 놀다가 잠을 자려 하니 회상에 잠겨서 잠을 이루지 못하다가 2시가 되어 소총을 메고 미군과 둘이서 근무를 하는데, 야속한 달빛이 나의 마음을 산란하게 하여 좋았다. 2시간을 달빛만 쳐다보고 있다가 (근무를 마치고) 취침하였다.

★8월 27일, 월요일, 雨天(비)

오늘은 이동명령(移動命令)이다. 비는 내리고 어두워지는 때 어느 골짜기로 들어갔다. 목적지에 도달하니 의복은 미련없이 젖어서 몸이 부르르르 떨린다. 그러나 비는 여전히 내린다. 오늘 정리 마무리로 천막을 치고 의복을 짜서 입었다. 아, 고생이 막심하다 하며 떨리는 몸을침구(寢具) 속으로 디밀고 쓸쓸히 하룻밤을 새웠다.

八月二十八日. 雨天에서

起床하니 6時다 降雨는如前하다

젖은天幕을 또 둘러지고 떨려오던 몸을 한참

사려와서 八時頃하여 天幕을치고 침하는데 美軍 칼

리가 해였다 起床하여 集合하여 補給所로가서 手

榴彈을 한개식주며 中共軍이 防禦線을 터트리고 攻擊을

하여오니 高地 勤務를 하여야 한다 하며이야기를하였다

降雨하는것을 무릅쓰고 天幕을 뜯었다 降雨는더욱

甚하다 배낭을걸머지고 골자기에서나려 오는 黃水를

건너서 高地에 나올우려 섰 있는곳에다. 雨를 遇시켰다

暗々한 어둠속에서 어찌 할수없었다 天幕을 억지로

움우리고 / 徹夜 흐든 눈으로 새웠다

八月二九日 雨晴天

前날 밤을 조금도 寢하지 못했드니 夜服은 젖고 할량없이

즐다 아— 한심하다 하는 生覺을 하다가 우리가 言生하는

彼岸으로 故鄕에 父母兄弟가 平安 히 生活하는 것이다

하며 추럼을무릅쓰고 천막을들에지고 高地에 到着하여

에다 天幕을 을려 쳤다 高地에 高地에서 直線으로

今夜는 平安히 寢할 수있다

1951년 8월 28일~29일

★8월 28일, 화요일, 雨天(비)

기상(起床))하니 6시다. 내리는 비는 여전하다. 젖은 천막은 또 뜯어지고 먼저 오던 길로 한참을 내려와서 12시쯤 되어 천막을 다시 치고 잠자려고 하는데, 미군(美軍) 칼 리가 깨웠다. 기상하여 집합하니 보급소(補給所)로 가서 수류탄을 한 개씩 주며 중공군(中共軍)이 방어선(防禦線)을 넘어 (터뜨리고) 공격(攻擊)을 해오니 고지근무((高地勤務)를 해야 한다고 애기해 주었다. 비가 내리는 것을 무릅쓰고 천막을 다시 뜯었다. 비는 더욱 심하게 내리고 배낭을 짊어지고 골짜기를 벗어나려고 몰아치는 누런 시냇물(黃水)을 건너서 敵이 치고 나올 우려가 있는 곳에다 (우리를) 배치(配置)시켰다. 캄캄한 어둠 속에서 어찌 할 수 없었다. 천막을 억지로 우무리고 (대충 둘러치고) 하룻밤을 뜬 눈으로 새웠다.

★8월 29일, 수요일, 雨晴天(비오다 갬)

어젯밤을 단 한숨도 잠을 자지 못했다. 야장(夜帳)은 젖었고, 한량없이 춥다. 아~~한심하다는 생각을 하다가 우리가 고생하는 덕택에 고향의 부모형제가 평안히 생활하는 것이다 하며, 추운 것을 무릅쓰고 천막을 뜯어 어제 쳤던 장소에 다시 천막을 옮겨 쳤다. 어제 고생한 덕으로 오늘 밤은 편안히 잠을 잘 수 있었다.

八月 二〇日 晴天

오늘은 오래간만에 [illegible]하여
晴天속에 [illegible] 놀은 것 같았다 오늘은
[illegible]다 天幕을 떨어지고 步行으로 먼저 있던 자리에
가서 休息하고 있는데 片紙가 왔다 받아 보니
父主께서와 兄 [illegible]의 片紙였다 [illegible]
자리에 [illegible] 반가웠다 [illegible]
[illegible] 書信 [illegible]
[illegible] 하니
[illegible] 없었다 天地[illegible] 없다
언제나 [illegible] 하다가
[illegible] 하다가 [illegible]
[illegible] 하는데 [illegible]

九月 十四日 晴天

前의 勤務는 [illegible]時 부터 六時 였다 勤務中에 [illegible]하니
[illegible] 보니 [illegible]
[illegible] 故鄕[illegible] 그리운
[illegible]
故鄕에 [illegible] 하니 [illegible] 情이 [illegible]
[illegible] 電話 [illegible] 하였다
[illegible] 하다 보니 時計는 六時[illegible] 가리켰다 今日 勤務[illegible]

1951년 8월 30일, 9월 14일

★8월 30일, 목요일, 晴天(맑음)

오늘은 오래간만에 해 구경을 하니, 암흑 속에 촛불을 켜놓은 것 같았다. 오늘은 (근무) 교대(交代)다. 천막을 철수하고 보행(步行)으로 먼저 왔던 자리에 가서 휴식(休息)을 취하고 있는데 편지가 왔다. 받아보니 부친과 동생 淳信 아우가 쓴 편지였다. 고지(高地)에 배치(配置)되어 읽어보니 참으로 반가웠다. 겉봉은 아우의 이름이지만 안을 뜯어보니(읽어보니) 妻의 필체(筆體)였다. 출가(出嫁)하고 와서 두 달 만에 사변(事變)을 만나 남편(男便) 없이 고생하는 생각을 하니 불쌍한 생각이 들었다. 천재지변(天地運氣)이라 할 수 없다. 언제 평화(平和) 시절이 되어 재미있게 살아보나 하는 상념에 빠져 있다가 (경계) 근무 나갈 생각을 하고 할 수 없이 잠을 자다가 근무시간(勤務時間)이 되어 근무를 하는데, 달빛이 如如히 나의 초소(哨所)를 (환하게) 비추었다.

★9월 14일, 금요일, 晴天(맑음)

어제 근무는 2시부터 6시까지였다. 근무 중에 문득 생각을 해보니 오늘이 추석(秋夕)이다. 둥근 달을 바라다보니 명랑(明朗)하기가 무한하다. 고향산천(故鄕山川)을 바라다보며 그리운 내 고향이 떠올랐다. (생각났다) 즐거운 추석이건만 이 내 몸은 북진(北進)에 있구나. 근무 중에 고향 상상(想像)을 하니 (오히려) 공연히 외로운 심정(心情)만 더 커졌다. 넋을 잃고 있다가 (全身을 잃고) 전화(電話) 오는 것을 모르고 여러 번 만에 대답(對答)을 하였다. 근무시간에 (고향) 망상(妄想)을 하다 보니 시계(時計)가 6시 가리켰다.

My Dear ㅅ. 에게

밤에서 레이숑을 타러 小隊本部로 나려왔다
오늘 [illegible] 가지 補給의 반찬이 [illegible] 왔었다. 小便으로 나려
가서 [illegible] 하매 [illegible] 高地로 간다하니 小隊長代
계서 옥시가를 [illegible] 하였다 高地로 올라가서
[illegible]君, [illegible]君, 聖玉君 四名이 옥시가를 [illegible] 갔다
[illegible] 가로 나려가서 옥시가를 [illegible] 하려고 田地로 向하여
가는데 砲聲 터지는 소리가 들였다 무서운 生覺을 하고
高地로 올라오는 途中에 또 터지는 소리가 나서, 옥시가 도
하지 못하고 天幕으로 歸하여 生覺하니 精神이 [illegible]
하였다 人生의 運命이란 [illegible] 뿐이구나 하는 生覺이
들었다. 夜間에는 10時부터 11時까지 勤務였다
勤務時間의 [illegible] 朴元君과 [illegible] 로 나갔다
秋夕 [illegible] 明朝 [illegible] 갔다 [illegible]
1名의 [illegible] 때에 [illegible] 하고 [illegible]
하다가 寢하였다 [illegible]

Soon Hong Pak.

追憶을 더듬어서
[illegible]
갈매기를
[illegible]

1951년 9월 14일

★1951년 9월 14일

근무를 마치고 레이션을 타러 소대본부(小隊本部)로 내려왔다. 오늘은 여러 가지 보급(補給)이 많이 나와 있었다. 산 밑으로 내려가서 세탁을 하여 놓고 (다시) 고지(高地)로 간다 하니 소대장께서 옥수수를 따 오라고 하였다. 고지로 돌아가서 종덕 군(種德 君), 성예 군(聖藝 君),성오 군(聖五 君) 등 4명이 옥수수를 따러 갔다. 한 골짜기를 내려가서 옥수수를 따려고 밭쪽으로 향해 가는데 지뢰(地雷) 터지는 소리가 들렸다. 무서운 마음에 (포기하고) 고지로 다시 돌아오는 도중에 또 (지뢰) 터지는 소리가 나서 옥수수도 따지 못하고 막사(天幕)로 돌아와 생각하니 정신(精神)이 아득하였다. 사람(人生)의 운명(運命)이란 게 반드시 있구나 하는 생각이 들었다. (아마도 조금 더 일찍 아버님을 비롯한 4명이 옥수수 밭에 도착했다면 그들 중 일부가 지뢰 희생자가 되었을 듯) 야간(夜間)에는 10시에서 11시까지 근무였다. 근무시간이 되어병항 군(丙亢 君)과 초소로 나갔다. 추석 달은 (여전히) 명랑(明朗)하게 밝았다. (근무가 끝나고) 추석 달을 쳐다보며 4명이 모여 앉아서 고향을 그리며 이야기를 하고 노닥거리다가 잠이 들었다.

一九 年 九月 日 雨晴天 이게

起床하니 上刻 五時다. 今日은 ...의

꽃다운 나의 ... 이다. 困難이 ...

하며 朝食을 하고 寢하였다. 맛내를 ... 잠이

익게 이야기 하는데 넘어 나가기 때 ... 꿈이 났다

司令部로 가서 쌀을 얻어다. 간소매울 끓여 서 맛있게

먹고서 또 寢하였다. 今日은 눈만 감으면 家族들이 보인다

아마 家庭에서 나의 이야기 등 ... 하는 것 같았다

3時쯤 되며 雨天이와 같이 ... 하고 遊하다가

六時쯤 되며 밥을 또 맛나게 해먹고서 재미있게 談話하는

데 敵 砲彈이 大隊本部로 向하여 1發 떨어졌는

데 ... 났다. 그러나 해어지니

自己 ... 으로 들어 갔다. 今夜는 잠것 만 故鄕 꿈만

꾸고는 ... 에서 勤務를 맡아 무사히

終了하였다

Soon Hong Pak.

追憶을 더듬어서

갈매기를

1951년 9월 15일

★9월 15일, 토요일, 雨晴天(비오다 맑음)

기상하니 오전 5시다. 오늘은 秋夕이건만 나오는 것은 한숨이다. (고향의 추석) 상상(想像)이라도 하고자 하여 아침을 먹고 잠을 청하였다. 아내를 만나서 재미있게 이야기하다 너무나 기뻐 (좋아) 깨어보니 꿈이었다. 회휘(回彙, 이름인 듯)한테 가서 쌀을 얻어다가 통조림 찌개를 끓여 맛있게 먹고서 또 취침이다.

오늘은 눈만 감으면 家族들이 보인다. 아마 家族들이 내 이야기를 많이 하는 것 같았다. 3시쯤 되어 丙亢이와 같이 똥볼(축구공 주고받기인 듯)을 차고 놀다가 6시쯤 되어 밥을 맛나게 해먹고 재미있게 얘기를 나누고 있는데, 敵 포탄(砲彈)이 대대본부(大隊本部)를 향하여 1발이 떨어졌다. 내려다보니 (아마 고지에 있었던 듯) 부상자(負傷者)가 난 것이 보인다. 그만 헤어져서 각자 막사(天幕)로 돌아갔다. 추석이 왔건만 고향은 멀다. 오늘은 매사가 귀찮아서 근무를 마치고 일찍 취침하였다.

九月 二十五日 晴天

步哨를 서고나서 寢하다가 깨어보니
10時다. 過去에 記入한 日記帳이 비에 저
저서 지워진것을 자세히보고 記入하고 있었다. 今日
本部中 隊長 外 四名과 美軍 2名을 引率하여
敵陣을 가는데 高地上道를 나가게되었다. 그런데
相益君과 같이 이야기를하고 담배를 한개 나눠나서 相
益君은 敵陣을 나가게되었다. 헤어진지 時間 만이다
面前에 日記를 쓰고 있는데 美軍들이 들것을가지고 10餘
名이 올라오고 있었다. 물으니 負傷者가 났다 한다. 들으니 美軍戰
死者 2名, 負傷者 2名 韓國軍에서는 아침에 같이 떠나고 헤어
지든 相益君이 1名 戰死라한다. 그소리를 듣고 떠다는 간에
몸이 떨리며 아까운 戰友가 사라진것을 生覺하니 精神이 아
득하였다. 이번 事는 地雷가 터진 原因이었다. 마음
이 날카로우며 ... 宿所로가서 ...하다가 宿所近方에 到達하였는
데 砲彈이 건너高地에 와서 터졌다. 사라진 戰友를 잃고
놀란 몸이 깜짝 놀아서 그 哨所에가 보니 아무도 없고 나와있는
哨所에 와 봐도 아무도 없다. 또 砲彈이 어오는 소리가 들린다
호속으로 들어가서 엎디려 있는데 10m 前에 와서 떨어진다
그것을 보고 精神없이 엎디려 있다가 十分後에 일어나서 보니

1951년 9월 22일

★9월 22일, 토요일, 晴天(맑음)

보초(步哨)를 서고 나서 잠을 자다가 깨어보니 10시다. 과거(過去)에 쓴(記入) 일기장(日記帳)이 비에 젖어서 지워진 것을 자세히 보고 (다시) 쓰고 있었다. 오늘은 본부 중대장(中隊長)을 위시한 10명과 미군 2명을 인솔(引率)하여 적 탐적(敵探)을 나가기 전에 고지안내(高地案內)를 나가게 되었다. 전우 박상익 군(朴相益 君)과 같이 이야기를 나누고 담배를 한 대 나누고 나서 박상익 군(朴相益 君)은 적 탐적(敵探)을 나가게 되었다. (상익 군이 수색을 나가고) 헤어진 지 1시간 만이다. 여전히 일기를 베끼고 있는데, 미군 10餘 名이 들것을 들고 올라오고 있었다. 물으니 부상자(負傷者)가 생겼다 한다. (자세히) 들으니 미군 전사자(戰死者) 2명, 부상자(負傷者) 2명, 우리 측에는 아침에 담배 피우고 헤어진 상익 군(相益 君) 1명이 전사(戰死)했다고 한다. 그 소리를 듣고 별안간 몸이 떨리며 아까운 전우(戰友)가 사라진 것을 생각하니 정신(精神)이 아득하였다. 이번 일도 지뢰(地雷)가 터진 것이 遠因이었다. 마음이 산란하여병항 군(丙亢 君, 고향 후배) 숙소로 가서 머물다가 (돌아와) 내 숙소 근방에 거의 다 왔는데 포탄이 건너편 고지에 와서 터졌다. 사라진 전우를 보고 깜짝 놀란 몸이 (더욱) 깜짝 놀라서 5초소에 가보니 아무도 없었다. 우리 초소로 와도 아무도 없었다. 또 포탄 날아오는 소리가 들려 참호 속으로 들어가 엎드려 있는데, 10미터 전방에 와서 터진다. 그것을 보고 정신없이 엎드려 있다가 5분 후에 일어나 보니 의복이 땀에 흠뻑 젖어 있었다. 그 후에도 장거리 포탄이 옆에 몇 발 떨어졌다. 오늘 근무는 (새벽) 1시부터 3시 30분이었다. 1시가 다 되어 교대를 나가보니 달은 명랑하게 밝아, 이런 생각 저런 생각을 하다 보니 시간이 되어 근무를 마치고 취침하였다.

My Dear ㅅ 에게

衣服이 다 땀에 흠석 젖어 있었다 夕後

에도 몸 거리 주고 일어나 보니 다시 勤務는 午前 1時

부터 3時 30分이였다 1時가 되어 交代를 나가 보니 하늘

은 明朗하게 맑아 이런 生覺 저런 生覺을 하다 보니

時間이 되어 勤務를 끝마치고 寢하였다

九月 二十八日 晴天

今日 午後 3時 쯤 되어 地圖와 같이 사진 [illegible] 戰友

를 따려다 주고 小隊長任이 오셔서 高地 交代를 하여

야 하였더니 交代 [illegible]를 올려 보내서 交代를 하고 高

地로 올라(내려) 와서 이야기를 들으니 우리들이 十月 十五日에는

前方과 後方으로 꼭 交代가 된다 하여 매우 기뻤으나

기다리고 기다리는 交代가 언제서야 되는가 하며

기쁨에 넘쳐서 戰友들과 재미있게 遊하였다

九月 二十九日 雨天

7時에 起床하여 보니 降雨이時 [illegible] 天幕속에

10時까지 寢하다가 레이숀을 가지러 [illegible]

近處 [illegible]所에 가서 遊하다가 4時가 되어도 아무

消息도 없기에 小隊本部로 나오게 가서 4時 半쯤 되어

레이숀을 타가지고 高地로 올라 오니 衣服은 [illegible]

바람은 불어 비는 天幕 속을 다 [illegible] 이런 [illegible]

1951년 9월 28일~29일

★9월 28일, 토요일, 晴天(맑음)

오늘은 오후 3시쯤 되어 지뢰(地雷)와 같이 사라진(散花한) 전우(戰友)를 데려다주고 小隊長님이 오셔서 고지교대(高地交代)를 하여 달라고 하였더니 교대자(交代者)를 보내주어 交代를 하였다. 고지(幕舍)로 내려와서 이야기를 들으니 우리는 10월 15일에 前方後方 간 교체(交替)가 꼭 된다 하기에 매우 기뻤다. 기다리고 기다리던 교체가 (이제서야) 드디어 하게 되는구나 하며 기쁨에 흥겨워서 전우들과 재미있게 함께 격려(激勵)하였다.

★9월 29일, 일요일, 雨天(비)

(새벽) 1시에 기상하여 보니 비가 오기 시작한다. 막사(天幕) 속에서 10시까지 자다가 레이션을 가지러 갔다는 강OO 숙소(宿所)에 가서 있다가 4시가 다 되어도 아무 소식이 없기에 小隊本部로 내려가서 4시 반쯤 레이션을 타서 고지(高地)로 올라오니 어두워지고 바람이 불어 비는 막사(天幕) 속에 들이치며 뿌린다. 이런 고생(苦生)도 15일만 버티면 된다. (그래서인지) 추운 줄도 모르겠고, 빨리 세월(歲月)이나 흘러라 하고 혼잣말을 하였다. 비는 여전히 7월 장맛비(雨霖)처럼 내린다. 막사(天幕) 속에서 저녁식사를 데워먹고 잠을 자다가 새벽 1시부터 근무교대를 하였다. 비가 멈추니 2시다. 여기저기서 조명탄을 발사한다. 조명탄이 올라갈 때마다 그 근방은 대낮처럼 환하다. 그때 사방을 살피며 경계(警戒)를 하는(살피는) 것이었다. 3시 30분이 되어 교대(交代)를 하고 잠들었다.

My Dear ______ 에게

세월이다 흐를줄도 모르고 빨리 歲月이나

흘러라 하고 혼자 말을 하였다 비는 如前히 大

七月 雨霖처럼 나린다 天幕 속에서 夕食을 대충

먹고 寢하다가 1時부터 夢囈에 覺하였다

비가 줄기니 그쳤다 여기저기서 조명탄을 올린다

조명탄을 올릴적마다 其近方은 晝間 같이 환하다

그때에 1回 총을 쏘게에 흥분하는 것이었다. 3時30分이 되어

交代를 하고 寢하였다

○ 月 二 日 晴天

昨年 12月 二十一부터 寒地로 와 있는 이내몸 起

床하여 天幕 밖을 내다보니 10m 前方에는 보이지 않는다

朝食을 하고 洗面을 하고 오는 途中 草木을 쳐다보니

그 草葉들 푸르고 푸르든 葉은 黃色으로 變하여 있었다

歲月은 빠르기도 하구나. 流水와 같이 흘러가는 줄도 모르

게 寒地 生活에 滿一年이 되어 가는구나. 또 1년

다시 지내 보면 親愛하는 美軍 美海兵隊라는

職 陸言語로 追憶으로 사라져버리는 것 이다. 그러나 近日에는

1일 지내는 것이 1년이 지내는 것 같다 1日에는

時間이 왜 그렇게 지루하였던가 晝로 交代되어 간다는 情思를

들은 後로는 1日 지내는 것이 매우 지루하였던 것이다

1951년 10월 2일~3일

★10월 2일, 화요일, 晴天(맑음)

지난해 12월 21일부터 객지로 떠다니는 이 내 몸, 기상하여 막사(天幕) 밖을 내다보니 10미터 앞이 보이지 않는다. 아침식사를 마치고 세면(洗面)을 하고 오는 도중에 초목(草木)을 쳐다보니 그 푸르고 푸르던 초목이 노란 색(黃色)으로 바뀌고 있었다. 세월이 빠르기는 하구나. 유수(流水)와 같이 흘러가는 줄 모르고 객지생활(客地生活)이 滿 一年이 되어 가는구나. 또 12일만 지내면 친애(親愛)하는 미군(美軍) 해병대(海兵隊)라는 부대 이름도 추억(追憶)으로 사라져버리는 것이다. 그러나 최근(近日)에는 하루 지내는 것이 한 달을 지내는 것 같다. 야간 근무시간이 왜 그렇게 지루하였던가. 후방으로 교체되어 간다는 소식(消息)을 들은 뒤로는 하루 지내는 것이 매우 지루하게 느껴지는 것이다.

★10월 3일, 수요일, 晴天(맑음)

1시부터 3시 30분까지 근무였다. 2시간을 자고 나니 어찌나 추운지 잠이 깨었다. 막사(天幕) 문을 열고 밖을 바라보니 서리가 하얗게 내렸다. 한 발짝 한 발짝 걸어가다 뒤를 돌아보니 발자국이 남는다. 그것을 보니 고향에서는 오곡(五穀)의 곡식(食物)을 거둬들이겠구나 하고 그 모습(樣)이 눈에 선하였다. 안개가 걷히고 태양이 비추기 시작하니 잠자리처럼 날아다니는 아군(我軍) 항공기(航空機)가 벌써 진지(陣地)에다 기총소사(機銃掃射)를 개시(開始)하는 것이었다. 고지에서 구경을 하다 보니 4시가 가까워온다. 분대장(分隊長) 있는 막사(天幕)로 PX 레이션을 나누러 가서 있다가 辛氏한테서 시계(時計)를 흥정하여 가지고 12만 환에 사게 되었다. USA 시계(時計)는 美 해병대(海兵隊)의 추억(追憶)에 대해 기념(紀念)이 되는(될 만한) 것이었다.

月 七日 晴天

1時 부터 3時 30分 까지 勤務했다.

2時間 을 자고 나니 어찌 춥지 잠이 깨였다

天幕을 들치고 밖을 바라 보니 서리가 하얗게 내렸다

한발작 두발작 걸어가는 되마다 발자욱이 난다 그것을

보고 故鄕 에서는 五穀 의 食物을 걷어 드리는 樣

이 눈에 선하였다 [illegible] 太陽이 빛이기 始作

하니 잠자리 같이 날아 단이는 我軍에 航空機는 벌서

敵陣地에다 機銃掃射를 開始 하는 것이였다

高地에서 구경을 하자니 [illegible] 가까워 오자 分隊長殿은

天幕으로 피엑스 레이숑을 가누러 가서 [illegible] 하다 [illegible]

時計 [illegible] 하며 가지고 [illegible] 에 사게되였다. 오늘산

時計는 美海兵隊에 [illegible] 한 紀念에 되는것이였다

十月 八日 晴天

近日 에는 山에 草木이 차차히 變하여 가는구나 아침일쯕이

天幕 바깥 나가 보니 秋風 에 落葉 이라 선선한 바람

이 나에 빰을 치며 黃色으로 變한 草木에 [illegible]

것이라 떨리어 울려 오는 [illegible] 소리 [illegible] 이 [illegible] 다

그때 [illegible] 에 昨年 春에 [illegible] 머리 속에 [illegible] 었다

[illegible] 이라고 昨年 11月 부터 今年 [illegible] 까지 [illegible] 하라

[illegible] 하며 [illegible] 아니라 [illegible] 가되며 [illegible]

되며 1線 地区을 交代하라는 消息을 들으니 매우 기뻤다 [illegible]

1951년 10월 8일

★10월 8일, 월요일, 晴天(맑음)

요즘에는 산천초목(山川草木)이 나날이 변하여 가는구나. 아침 일찍 막사(天幕) 밖을 나가보니 가을바람(秋風)에 낙엽(落葉)이다. 선선한 바람이 내 뺨을 치고, 누렇게(黃色) 변한 초목(草木)이 山 정상(頂上)으로 날아가는 것이다. 멀리서 들려오는 따쿵 소리에(이곳이 전쟁터임을 실감하는 듯) 소름이 돋는다. 그때 작년에 있었던 (입대 후 현대 위치까지) 사건(生覺)이 머릿속에 (얼핏얼핏) 떠올랐다. 고생(苦生) 끝에 樂이라고, 작년 10월에 (이곳에 배속되어) 올 10월까지 (목숨을 걸고 전쟁터인) 객지(客地)를 떠다닌 이 내 몸이 며칠만 있으면 교대(交代)가 되어 후방으로 배치(配置)되며 1선지구(一線地區)를 벗어난다는 소식(消息)을 들으니 매우 기뻤다.

오늘 야간근무는 2시부터 4시였다. 날이 꾸물꾸물 저물어 가서 사라졌던 달이 또 다시 막사(天幕) 속을 고요히 비춰주었다. 이병항(李丙亢), 이형수(李炯秀) 등 3명이 재미있는 이야기를 도란도란 나누다가 잠이 들었다.

夜間에 勤務는 2時부터 4時였다 낮이 구슬구슬 저무러가니 사라졌던 달은 다시 天幕속을 고요히 비추었다 李炳元 李炳秀 2兵이 재미있는 이야기를 하고 遊하다가 잠이 들었다

10月 11日 晴天

今日도 쌀쌀하여 前線에 있으므는 마조 쓰는 것이다 來日은 移動하여 適地으로 나가는 것이다. 起床하여 보니 안개가 끼어서 멀리도 보이지 않는 것도다 어제만 있으면 廣야다 天幕에서 나와서 고요히 드리 마음에 들을 불에 안개가 걷히며 맑은이 날에 오는 落葉이 나의 얼굴을 씻다드으면서 길으로 떨어졌다 夜間에는 12時부터 2時까지 勤務자 交代 時間이 되어 前線 勤務를 맡이고 就寢하였다

아— 앞으로 새로한 交代日이 할 生活이 그 못하였다

續紀 4284年度 10月부터 日記帳

10月 七日 晴天

今日 午后 5時에 横城邑에 徵集 當하여 郡廳後庭에서 式을 맞이고 横城邑에서 宿泊하였다

10月 八日 晴天

6時에 起床하여 食事를 맞이고 横城兵事區 廣場에 集合하여 訓練을 받았고 九時頃에 横城을 出發하였다 自動車 10代가 壯丁들이 가득히

1951년 10월 10일

★10월 10일, 수요일, 晴天(맑음)

오늘을 끝으로 전선(前線)에서 쓰는 일기(日記)는 마지막이다. 내일은 이동(移動)하여 통천(通川)으로 나가는 것이다. 기상하여 보니 안개가 (심하게) 끼어서 (바로) 옆에도 보이지 않을 정도이다. 4일만 있으면 원주(原州)이다. 막사(天幕)에 기대어 가만히 들으니 바람이 솔솔 불어와 안개가 걷히며, 말없이 날아오는 낙엽(落葉)이 (그동안 고생을 격려하는 듯) 나의 얼굴을 쓰다듬으면서 밑으로 떨어졌다. 야간(夜間)이다. (밤이 되었다.) 12시부터 2시까지 근무다. 교대시간((交代時間)이 되어 (드디어) 전선근무(前線勤務)를 마치고 취침하였다. 아~~~참으로 (힘들고) 지루한 6개월이란 생활(生活)이 (정말) 지독하였다.

육군훈련소

제2부

다시 신병훈련(제주도)

육군 제1훈련소 신병훈련
(1952년 10월 7일~12월 25일)

1951년 10월 15일 원주로 돌아와 전투경찰 본연의 임무로 복귀했다가 1952년 10월 7일 다시 군에 징집 당(當)하여 10월 21일 육군 제1훈련소에서 군번 9248579번으로 입소하게 된다. (아마도 당시 전투경찰 복무는 군복무 기간이나 대상으로 간주되지 않은 듯) 당시 제주도 서귀포 육군 제1훈련소는 1951년 대구에서 옮겨와 3월 21일 창설하여 1956년 1월까지 약 50만여 명의 신병을 배출했고, 약 1개월 정도의 훈련 후에 전장에 배치했다고 한다.

夜間에 勤務는 2時부터 4時였다 달이 구슬구슬 저무러가니 사라졌던 달은 다시 天幕속을 고요히 빛여주었다 李丙元 李炳秀 上長이 재미있는 이야기를 하고 遊하다가 잠이 들었다

10月 11日 晴天

今日로 말미암아 前線에 보초는 마조쓰는것이다 來日은 移動하여 通이스로 나가는 것이다. 起床하여 보니 안개가 끼어서 벌에도 보이지 않을정도다 어버막 있으면 [illegible] 天幕에서 놀에서 고요히 드리니 마음에 슬픔 불어 안개가 걷히며 팔월이 날에 오는 落葉이 나의 얼굴을 스치드므면서 발으로 떨어졌다 夜間이다 12時부터 2時까지 勤務자 交代時間이 되어 前線勤務를 맡이고 寢하였다

아— 꿈으로 사랑하는 [illegible] 이랑 生活이 그 [illegible]하였다—

續紀 4284年度 10月부터 日記帳

10月 七日 晴天

今日 午后 5時에 橫城邑에 徵集 當하여 郡廳後庭에서 式을 맞이고. 橫城邑에서 宿泊하였다

10月 八日 晴天

8時에 起床하야 食事를 맞이고 橫城兵事區廣場에 集合하여 訓練을 받았고 九時頃에 橫城을 出發하였다— 自動車 10代가 壯丁들이 가득히

1952년 10월 7일~8일

★10월 7일, 일요일, 晴天(맑음)

오늘 오후 5시에 횡성읍(橫城邑)에 징집(徵集)을 당(當)하여 군청후정(郡廳後庭)에서 식을 마치고 횡성읍(橫城邑)에서 숙박(宿泊)하였다.

★10월 8일, 월요일, 晴天(맑음)

5시에 기상하여 식사를 마치고 횡성경찰서 광장(廣場)에 집합(集合)하여 주의사항(主意事項)을 (下達)받고 9시경에 횡성을 출발하였다. 자동차 12대가 장정들을 가득 싣고 원주(原州)를 향하여 달리기 시작하였다. (아침에) 경찰서에는 큰어머님과 처(妻)가 환송(歡送)을 나왔었다. 자동차는 쏜살같이 달린다. 그러나 기분은 한편으로는 영광(榮光)이고, 한편으로는 妻가 불쌍한 생각이 들었다. 妻는 좋지 않은 기분으로 잘 갔다 오라고 손짓하였다. 자동차는 쏜살같이 달려 봉산동(峯山洞) (초등)學校에 도착하였다. 그 學校에 집합(集合)하니 군인(軍人)이 나와서 강연(講演)을 하더니 오늘 저녁만 자면 내일부터는 군인(軍人) (신분, 身分)이라는 말을 하였다. 말만 들어도 어마어마하였다. 강의가 끝난 후 아버님(父親)과 형님을 만나보고 초등학교(國民學校)에서 하룻밤을 숙박하였다.

My Dear [illegible] 에게

타고 慶州를 向하야 달리기 始作하였다

바로 [illegible]察署에 주차해 놓고, 車가 數臺를 나오고

있다 自動車는 쏜살같이 달린다 그때에 氣分은 한쪽으로

는 [illegible]이며 한쪽으로는 車가 불쌍한 生[illegible]이 들었다

車는 좋지 않은 氣分으로 살았다 오라고 손짓을 하였다

自動車는 쏜살같이 달려 慶州奉山學校에 到着하였다

그學校에 集合하니 軍人이 나와서 강연을 하더니 今日

저녁 때까지 來日부터 軍人이라는 발표를 하였다 [illegible]에

그 어마 어마 하였다. 강연이 끝난 後 [illegible] 慶州

[illegible]을 만나보고 國民學校에서 夜를 宿泊하였다

一○月 九日 晴天

今日부터 軍人이라. 모두가 다 [illegible]다 3309部隊

7小隊에 臨時 配屬되어 [illegible]中 奉山學校 廣場에서

기달리다가 [illegible]時에 奉山學校를 뒤에 두고 [illegible]驛으로 向하야

가서 汽車를 타고 7에 四十名[illegible]을 [illegible] [illegible] 出發하였

다 遲게 [illegible] 到着 [illegible] 12時 [illegible]

에 寢하였다

追憶을 더듬어서

[illegible]의

꽃 [illegible]가를

[illegible]

1952년 10월 8일~9일

★10월 9일, 화요일, 晴天(맑음)

오늘부터는 군인(軍人)이다. 모든 것이 다 부자유(不自由)이다. 3309부대(部隊) 7소대(小隊)에 임시(臨時) 배속((配屬)되어 봉산(초등)학교 광장에서 기다리다가 6시에 봉산(초등)학교를 뒤로 하고 역(驛)으로 향하여 가서 기차(汽車)를 타고 7시에 사촌형님을 작별(作別)하고 원주역(原州驛)을 출발하였다. 운계(雲溪) 도착 8시, 풍기(風紀) 도착 10시다. 졸음이 오기에 잠에 빠져들었다.

10月 10日 晴天

起床하니 慶州에 到着하였다 時間을 보니 7時다

慶州驛에서 約1時間 休息하야 朝食을 하고 8時頃에 慶州를 出發하였다 補充地로 에 到着 11時다 汽車에서 내려서 補充 보충대에 編成되어서 오락게를 實施하고 今夜에 不寢番勤務에 당하였다

10月 11日 晴天

聯隊本部에서 身體檢査를 하고 大隊本部로 와서 宿泊함.

10月 12日 雨晴天

起床하니 即時 廣場으로 集合시킨다 四方은 칼에서 정돈할때로 없다 朝食을 早速히 먹이고 日中 淸掃를 하게되었다 日中 淸掃를 하다보니 夕食이다 해도 아직 밝은데 食事를 하게되었다 食後에 또 移動이다 6時에 出發하야 7時에 大隊本部에 到着하야 講堂에서 大隊 7中隊 11班에 또다시 編成되었다 軍에서는 故鄕을 잊어버리게 하여 어디서든지 오락이다 今日도 술 전을 24 [illegible] 걸어다가 [illegible] 잘 하라 [illegible] 시켰다 [illegible] 하라 [illegible]

1952년 10월 10일~12일

★10월 10일, 수요일, 晴天(맑음)

잠에서 깨어나니(起床하니) 경주(慶州)에 도착하였다. 시간을 보니 7시다. 경주역사에서 약 1시간을 쉬고 아침식사를 한 뒤 8시경에 경주를 출발하였다. 포항지구((浦項地區)에 도착(到着)하니 11시다. 기차(汽車)에서 내려서 포항(浦項) 보충대에 편성(編成)되어서 오락회를 실시(實施)하고, 오늘 밤에는 불침번(不寢番) 근무(勤務)를 하였다.

★10월 11일, 목요일, 晴天(맑음)

연대본부((聯隊本部)에서 신체검사(身體檢査)를 하고 대대본부(大隊本部)로 와서 숙박(宿泊)함.

★10월 12일, 금요일, 晴天(맑음)

기상((起床)하니 별시(別時) 광장(廣場)에 집합(集合)시킨다. 사방이 질어서 정리할(모여 설)곳도 없다. 아침식사를 빨리(早速히) 마치고 대청소(日中淸掃)를 하게 되었다. 대청소를 하다 보니 석식(夕食)이다. 해도 아직 많이 남았는데 식사(食事)를 하게 되었다. 또 이동(移動)이다. 6시에 출발하여 7시에 2대대 본부에 도착하여 어둠속에서 2대대 1중대 1소대에 또다시 편성되었다. 군에서는 고향을 잊어버리기 위해서 어디서든지 오락이다. 오늘은 돈을 2천환씩 걷어다가 막걸리 한 잔씩 주고 10시까지 오락을 하다가 취침하였다.

10月 18日 晴天

今日또 2大隊 7中隊에 編成 大隊 本部에서 宿泊 함

10月 19日 晴天

補項 온지 八日만에 濟州道로 가게되는 것이 였다 午后 2時가 되어 補項港에 나가서 3時에 濟州道로 向 하였다 故鄕山川을 뒤에두고 넓은 바다 위에 가랑잎같이 떠서 갔였다 今日은 船中에서 1泊 함

10月 20日 晴天

가든 途中에 일어나서 보니 暴風이 甚하여 금방 뒤집힐 것만 갔했다 今日은 太平洋 넓은 허수바다 에서 1食을 굶었다

10月 21日 晴天

今日 새벽 5時에 濟州港에 到着하야 6時에 朝飯을 먹고 10時 頃에 晝食을 하고 濟州港에 到着하야 12時에 濟州道 補充隊에 到着하야 小隊 編成을 하고 陣地에가서 풀을 한 재식 하여가 풀을 한재씩 중에 가지고 와서 夕食을 10時 頃에 하고 11時 頃에 寢하였다. 寢하는데 비는 오고 바람 故鄕 生覺이 간절하였다

1952년 10월 13일~21일

★10월 13일, 토요일, 晴天(맑음)

오늘은 2대대 7중대에 편성, 대대본부에 숙박함.

★10월 19일, 일요일, 晴天(맑음)

포항(浦項) 온 지 8일 만에 제주도(濟州道)로 가게 되었다. 오후 2시가 되어 포항항(浦項港)에 나가서 3시에 제주도로 향하였다. 고향산천을 뒤에 두고 넓은 바다 위에 가랑잎처럼 떠서 달렸다. 오늘은 배 위에서(船中) 1박함.

★10월 20일, 월요일, 晴天(맑음)

가는 도중(途中)에 일어나서 보니 폭풍(暴風)이 심하여 (배가) 금방 뒤집힐 것만 같았다. 오늘은 태평양(太平洋) 넓고 허허로운 바다에서~

★10월 21일, 화요일, 晴天(맑음)

오늘 새벽 5시에 제주항(齊州港)에 도착하여 6시에 조반(早飯)을 먹고 10시경에 점심을 하고 12시에 제주도 보충대에 도착하였다. 소대 편성을 하고 해안(海岸)에 가서 돌을 하나씩 주워 오라고 해서 돌을 하나씩 주어와 저녁식사를 오후 10시쯤 하고 11시경에 취침하였다. 잠을 청하는데 비는 오고 바람이 심하여 고향 생각이 간절하였다.

10月22日 曇風雨天

6時에 起床하야 돌를 한개식 줏어다
놓고 朝飯을 먹었다 솔소리 바람 불러오는 濟州
道에서 朝食後 2回 午后에는 10回 돌을 나르고 있는데
바람이 세게 싣지 모래 알이 날아서 땀을 시켰다
濟州道에는 石、風、女라、하더니、돌도 많고
바람도 시고 女子도 많았다

10月23日 晴風天

今日은 集合 命令이 食事을 하지 못하여 나렸다 自餘
名이 訓練을 목目的으로 訓練場으로 나갔다
訓練은 하지 못하고 무지무지한 돌을 줏어다가 學課
場을 지여 놓았다 일이 끝난 後 몸이 세게 고달프지 죽는
날까지라도 잊지못할 歷史의 一頁가 될것을 頭에 같이
남겨 두던것이다

10月24日 晴風天

濟州道에는 暴風이 每日 같이 시다 세게불다 모자가
날아 갈것 갔고 모래 알도 떨어서 에 머리를 어지럽
게 한다 今日은 道路에서 흠어지고 99病院
에 가서 물을 길어 날으고 50本을 6時에 끝마치고 4소隊
까지 가는데 8時가 되어 8時30分에 飯을 먹이고
10時에 寢하였다

1952년 10월 22일~24일

★10월 22일, 수요일, 雲風雨天(비바람에 비)

5시에 기상하여 돌을 한 개씩 주워다 놓고 조반(早飯)을 먹었다. 솔개바람이 불어오는 제주도에서 아침식사 후 2회, 오후에는 4회 돌을 나르고 있는데 바람이 어찌나 센지 모래알이 날아서 뺨을 세게 쳤다. 제주도에는 돌(石), 바람(風), 비바리(女)라 하더니 돌도 많고, 바람도 세고, 여자(女子)도 많았다.

★10월 23일, 목요일, 晴風天(바람 불고 맑음)

오늘은 집합(集合) 명령(命令)이 식사도 하기 전에 내린다. 百餘名이 훈련을 할 목적으로 훈련장으로 나갔다. 훈련은 하지 못하고 무지무지한 돌을 주워다가 학과장(學課場)을 지어 놓았다. 일이 끝난 후 몸이 어찌나 고달픈지 죽는 날까지 잊지 못할 (개인)역사의 하나가 될 하루같이 머릿속에 새겨졌다.

★10월 24일, 금요일, 晴風天(바람 불고 맑음)

제주도에는 태풍이 거의 매일같이 세게 분다. 모자가 날아갈 것 같고, 모래알도 펄펄 날려 머리를 어지럽게 한다. 오늘은 도로변(道路邊)에 홈을 파고, 99병원(病院)에 가서 물을 길어 나르고 (병원 신축공사인 듯), 5시에야 오늘 사역(事役)은 마치고 수용대(收容隊)까지 가는데 8시가 되었다. 8시 30분에 저녁식사를 마치고 10시에 취침하였다.

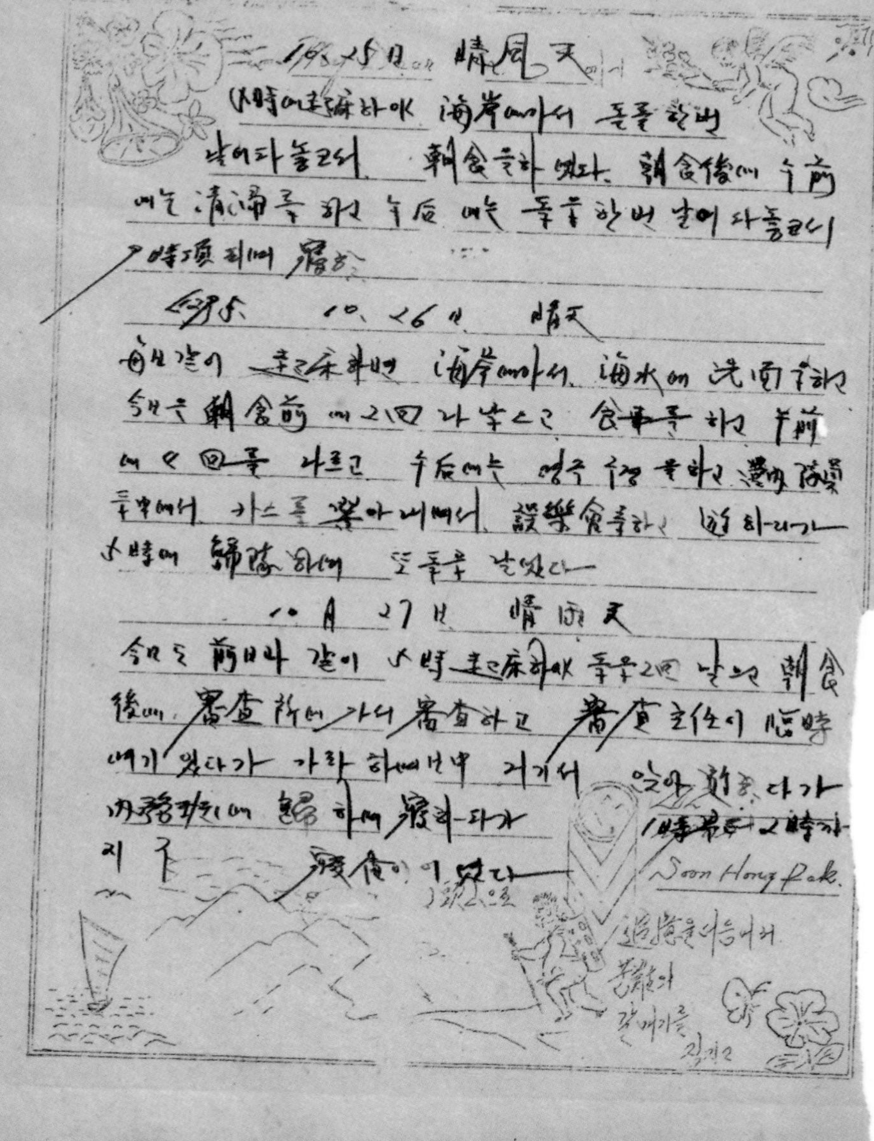

10. 25日 晴風天

5時에 起床하야 海岸에서 운동 한번
날이다 놀고서 朝食을하였다. 朝食後에 午前
에는 淸掃를 하고 午后에는 운동 한번 날이다 놀고서
5時頃 되어 [illegible]

1945. 10. 26日 晴天

每日같이 起床하면 海岸에서 海水에 洗面하고
今日은 朝食前에 2回 나왔고 食事를 하고 午前
에 2回를 나왔고 午后에는 [illegible] 하고 [illegible]
中에서 가스를 [illegible] 내에서 娛樂會를하고 [illegible] 하다가
5時에 歸隊하여 운동을 날았다

10月 27日 晴雨天

今日도 前日과 같이 5時 起床하야 운동 2回 날고 朝食
後에 審査所에 가서 審査하고 審査主任이 臨時
에게 있다가 가라 하여서 中 거기서 [illegible] 하다가
[illegible]에 歸하여 寢하다가 1時부터 2時까
지 了 寢食이 이었다

Soon Hong Pak.

追憶을 더듬어서 [illegible]

1952년 10월 25일~27일

★10월 25일, 토요일, 晴風天(바람 불고 맑음)

5시에 기상하여 해안에서 돌을 한 번 날라다 놓고 아침식사를 하였다. 아침식사 후 오전에는 청소를 하고, 오후에 돌을 한 번 더 날라다놓고 9시경에 취침.

★10월 26일, 일요일, 晴天(맑음)

매일같이 기상하면 해안에 가서 해수(海水)에 세면을 하고 오늘은 아침식사 전에 (돌을) 2회 나르고, 오후에는 연극 구경을 하고 영내(營內) 대원(隊員)들 중에서 가수를 선발하여 오락회를 하고 놀다가 5시에 귀대(歸隊)하여 또 돌을 날랐다.

★10월 27일, 월요일, 晴雨天(맑았다가 비)

오늘도 어제와 같이 5시에 기상하여 돌을 2회 나르고 아침식사 후에 심사소(審査所, 아마도 본격 입대 심사를 하는 곳인 듯)에 가서 審査를 받고 심사주임이 임시 여기 있다가 가라 하여하루종일 거기 앉아 머물러 있다가 내무반(內務班)에 돌아와 잠을 자다가 1시부터 2시까지 불침번(不寢番)을 섰다.

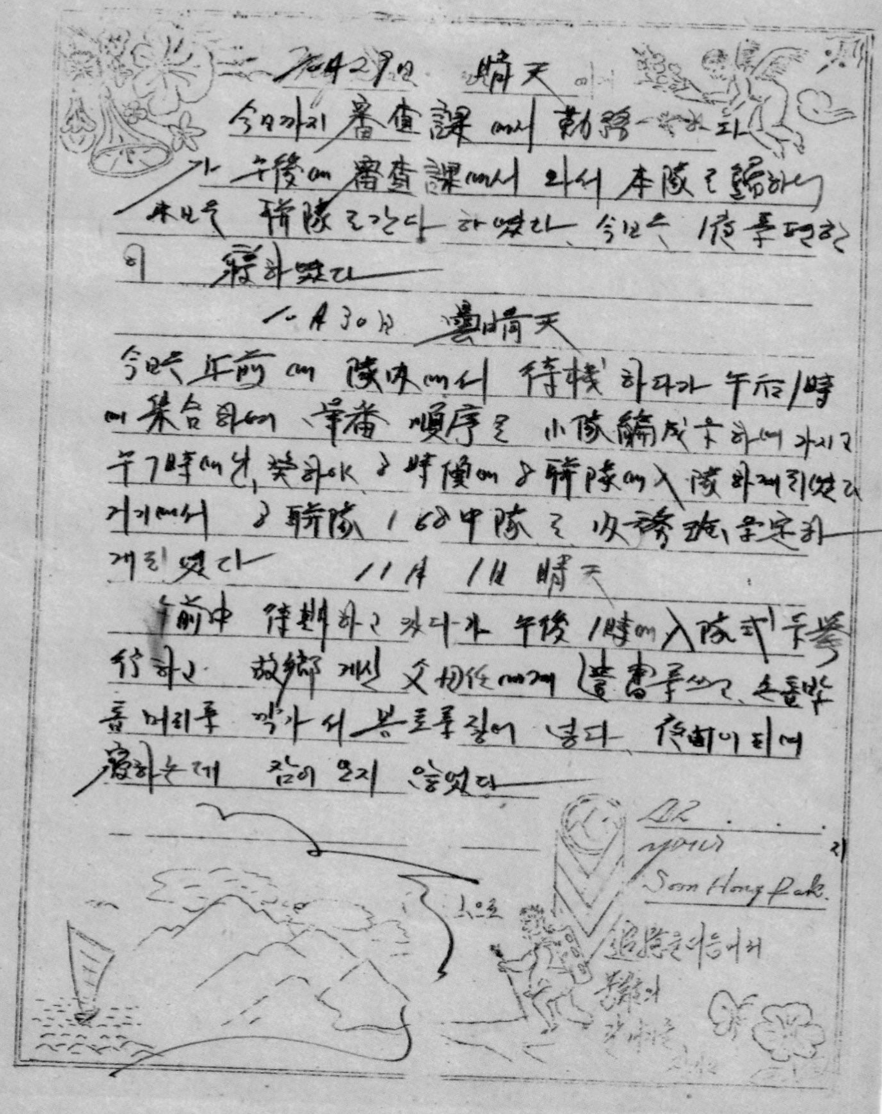

10月29日 晴天

今日까지 審査課에서 勤務하다가 午後에 審査課에서 와서 本隊로 歸하니 來日은 聯隊로 간다 하였다. 今日은 1夜를 편하게 寢하였다

11月30日 曇晴天

今日은 午前에 隊內에서 待機하다가 午后1時에 集合하여 番號 順序로 小隊編成을 하여 가지고 午7時에 出發하여 8時頃에 8聯隊에 入隊하게 되였다 거기에서 8聯隊 168中隊로 收容班을 定하게 되였다

11月 1日 晴天

午前中 待期하고 있다가 午後 1時에 入隊式을 擧行하고 故鄕 계신 父母任에게 遺書를 쓰고 손톱발톱 머리를 깍아서 봉토를 집에 넣다. 夜間이 되여 寢하는데 잠이 오지 않었다.

1952년 10월 29일~11월 1일

★10월 29일, 수요일, 晴天(맑음)

오늘까지 심사과(審査課)에서 근무하다가 오후에는 심사과에서 와서 본대(本隊)로 돌아가서 내일은 연대로 간다 하였다. 오늘은 하룻밤을 편하게 취침하였다.

★10월 30일, 목요일, 雲晴天(흐리다 맑음)

오늘은 오전에는 영내(營內)에서 대기(待期)하다가 오후 1시 집합하여 군번 순서로 소대 편성을 하여 오후 7시 출발하여 8시경에 8연대에 입대하게 되었다. 거기서 8연대 158중대로 내무반을 정하게 되었다.

★11월 1일, 토요일, 晴天(맑음)

오전 중에 대기하고 있다가 오후 1시에 입대식(入隊式)을 거행(擧行)하고 고향에 계신 부모님께 유서(遺書)를 쓰고, 손톱, 발톱, 머리를 잘라서 봉투에 넣다. 밤(夜間)이 되어 취침했는데, 잠이 오지 않았다.

11月 2日 晴天

今日은 日曜日이다 朝食을 맞이고 約
45km 地点에서 洗濯을 하게 되였다 12時30分
까지 맞이고 歸隊途中 食事를 하게 되였다. 曹圭道
와 四名이 고구마를 五千圓어치를 사서 먹고 約1時間
가량 遊하다가 모실 도중 [illegible] 어느 山高地
에서 고구마를 2千圓어치를 사서 먹였다. 曹圭
道君이 산것이였다. 今日夜間에는 2時부터 3時
였다.

11月 3日 晴天

今日은 M1 小銃에 대하여 敎育함

11月 5日 晴風天

今日은 四回나 敎育場所를 移動하였다.

11月 7日 晴天

壕에 대하여 敎育 [illegible] 2時間 1人用 散兵壕
및 2人用 散兵에 대하여 6時間을 敎育하였다.

11月 8日 晴天

7時頃에 朝食을 맞이고 [illegible] 中에 [illegible] 하여
(銃검술)을 敎育 午后에는 [illegible] 訓練을
敎育하였다

1952년 11월 2일~8일

★11월 2일, 일요일, 晴天(맑음)

오늘은 일요일이다. 아침식사를 마치고 약 1.5Km (떨어진) 지점에 가서 세탁을 하게 되었다. 曺主益 외 4명이 고구마를 오천 환어치 사서 먹고, 약 1시간가량 머물다가 모슬포를 일주하고 어느 山고지(高地, 제주 오름을 이렇게 표현한 듯)에서 고구마를 4천 환어치 사서 먹었다. 조주익 군(曺主益 君)이 산 것이었다. 오늘 야간에는 2시부터 3시까지 (불침번을) 섰다.

★11월 3일, 월요일, 晴天(맑음)

오늘은 M1소총(小銃)에 대하여 교육함.

★11월 4일, 수요일, 晴風天(맑고 바람)

오늘은 4번이나 교육장소(敎育場所)를 이동(移動)하였다.

★11월 7일, 금요일, 晴天(맑음)

호(壕)에 대하여 기본교육(基本敎育) 2시간, 1인용인 철병호(徹兵壕), (방어용 진지 구축) 및 2인용 徹兵壕에 대하여 6시간 교육하였다.

★11월 8일, 토요일, 晴天(맑음)

7시경에 일조점호(日朝點呼)를 마치고, 오전에는 질머총(어깨총을 의미하는 듯, 据銃-銃劍術)을 교육. 오후에는 각개전투(各個戰鬪) 훈련을 교육함.

11月 25日 晴天

今日은 日曜日이다 午前에는 讀書
修入하고 午後에는 洗濯하러 가서
洗濯 手段을 나가게 되어 재수없이 양말을 한켤
레 빼게 되였던 것이다

11月 26日 晴天

今日은 20次 敎育을 받게 되는구나 今日 課目만
마치면 좀 訓練이 수월하다고 한다 敎場으로
가서 敎育을 받는데 3日前에 敎育 받은 反復 訓練
이였다 海風은 모래알 바더불어 쌓여지고 나의
訓練 하는몸을 식힌다 참으로 故鄕生覺이 간절
하였다

11月 27日 曇雨天

6時에 起床 하니 구름이 가득찬 날씨 [illegible]
今日은 AR의 名稱 分解結合 의 敎育이 였다
敎育 時作 ... 時로 雨降 하기 時作 한다
日中 雨降 하니 언제 故鄕이 그리워지는구나
敎育 도 끝에 후련하지 [illegible]
마음하게 敎官께 잘 때까지
終了 [illegible] 였다

1952년 11월 9일~27일

★11월 9일, 일요일, 晴天(맑음)

오늘은 일요일이다. 오전에는 총기수입(銃器修入)을 하여 놓고 오후에는 세탁을 하러 가서 세탁용역(洗濯用役)을 나가게 되어 재수 없이 양말을 한 50켤레 빨게 되었다.

★11월 26일, 수요일, 晴天(맑음)

오늘은 20(일)차 교육을 받게 되는구나. 오늘 과목(課目)만 마치면 훈련이 좀 수월하다고 한다. 교장(教場)으로 가서 교육을 받는데, 일전에 교육받은 반복훈련이었다. 해풍(海風)은 모래알과 더불어 씁쓸하게도 내내 훈련하는 땀을 식힌다. 참으로 고향 생각이 간절하였다.

★11월 27일, 목요일, 雲雨天(흐리고 비)

6시에 기상하니 구름이 가득 낀 날에 (금방) 비가 내릴 듯하다. 오늘은 AR의 명칭(名稱) 분해결합(分解結合)교육이었다. 교육을 시작하자마자 비가 내리기 시작한다. 하루종일 비가 내리니 문득 고향이 그리워지는 것이다. 교육도 귀에 들어오지 않고 다른 생각을 하다가 교관(教官)에게 꾸지람까지 들었다.

11月28日 曇晴天

今日은 前日에 비를 맞어가며 作業을 하였다고 午前까지 淸掃를하고 休務日이였다 11月30日 曇晴天

오늘은 日曜日이다 洗濯을하러 나가서 洗濯을 해놓고 고구마를 8斤어치를 사서 구워 먹고 山中 遊하다가、나무를 한짐식 해오라고 命令하여 나무를 해가지 놓고 잠이 맞게 遊하다가 歸舍하였다 12月3日 曇雪天

今日부터 營農地 教育이다、아침 일즉이 起床하야 배를 갈아 입고 싸놓고、午前에는 各種 訓練을 하고、午后에 出發하는데 雪降하기 始作하였다、濟州道에는 처음 그곳이 始作되는것이 7時頃에 營農地에 到着하야 日氣도 不順하고 그 困難이야 참으로 한심하였었다 그러나 軍人의 몸이라 勇敢히 [illegible]에서 [illegible] 忍耐하게 [illegible] 1夜를 새웠다. 今日 [illegible]에서는 눈이 왔다

처음으로 濟州道

Soon Hong Bak

1952년 11월 28일~12월 3일

★11월 28일, 금요일, 雲晴天(흐리다 맑음)

오늘은 어제 비를 맞아가며 학과(學課)를 하였다고 2시간가량 청소를 하고 휴식하였다.

★11월 30일, 일요일, 雲晴天(흐리다 맑음)

오늘은 일요일이다. 세탁을 하러 나가서 세탁을 해놓고, 고구마를 4천 원어치를 사서 푸짐하게 먹고 하루 쉬다가 나무를 한 판씩 해오라는 명령을 받고 나무를 해다가 놓고 재미있게 놀다가 귀대(歸隊)하였다.

★12월 3일, 수요일, 雲雪天(흐리다 눈)

오늘부터 숙영지(宿營地) 교육이다. 아침 일찍 기상하여 배운 대로 짐(軍裝)을 싸놓고, 오전에는 각각 개인별 훈련을 하고 오후에 출발하는데 눈이 내리기 시작하였다. 제주도에서 처음으로 눈이 시작하는 것이다. 7시경에 숙영지에 도착했는데 일기(日氣)는 불순(不順)하니 그 고난(苦難)이야말로 한심하였다. (말로 표현할 수 없었다.) 그러나 군인(軍人)의 몸이라 용기(勇氣)를 내어 여러 전우(戰友)들과 함께 진지에서 하룻밤을 새웠다. 오늘에야 비로소 처음으로 제주도에서는 추운 날이었다.

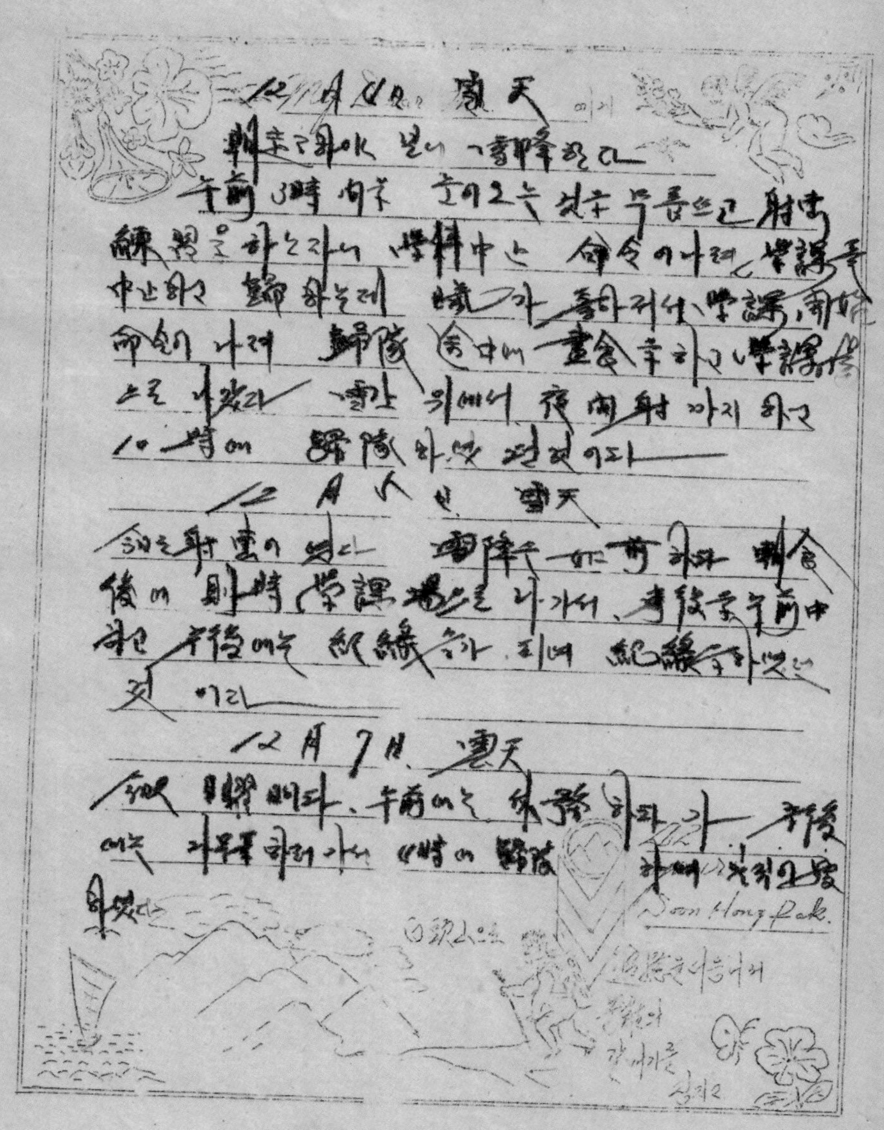

12月 4日 雪天

朝來로부터 눈이 降雪했다

午前 9時 以後 눈이 오는 것을 무릅쓰고 射擊 練習을 하는 자리에 學科中止 命令이 나려 學課를 中止하고 歸하는데 ... 학과 ... 命令이 나려 歸隊 途中에 晝食후 하고 學課場으로 나갔다 雪上 위에서 夜間射擊까지 하고 10時에 歸隊하였던 것이다

12月 6日 雪天

今日은 射擊이 없다 雪降은 如前하다 朝食後에 即時 學課場으로 나가서 ... 午前中 하고 午後에는 紀錄을 하다 보니 紀錄을 하였던 것이다

12月 7日 雲天

今日 日曜日이다 午前에는 休憩하다가 午後에는 外出하러 가서 4時에 歸隊하였다

Soon Hong Rak

1952년 1952년 12월 4일~7일

★12월 4일, 목요일, 雪天(눈)

아침에 일어나 보니 눈이 내린다. 오전 3시간을 눈이 오는 것을 무릅쓰고 사격연습(射擊練習)을 하였고, 학과(사격훈련) 중에 명령이 내려 학과 중지를 하고 귀대하는데, 날씨가 좋아져서 (다시) 학과 개시 명령이 내렸다. 점심을 먹고 학과장으로 나왔다. 눈 위에서 야간사격까지 하고 10시경에 귀대(歸隊)하였다.

★12월 5일, 금요일, 雪天(눈)

오늘도 역시 눈이었다. 눈이 여전히 내렸다. 아침식사 후에 즉시 학과장(學課場)으로 나가서 오전 중에는 사역(事役)을 하고, 오후에는 기록수가 되어 기록(記錄)을 하였던 것이다.

★12월 7일, 일요일, 雪天(눈)

오늘은 일요일이다. 오전에는 휴무(休務)하다가 오후에는 나무를 하러 가서 4시경에 귀대하여 일찍 취침하였다.

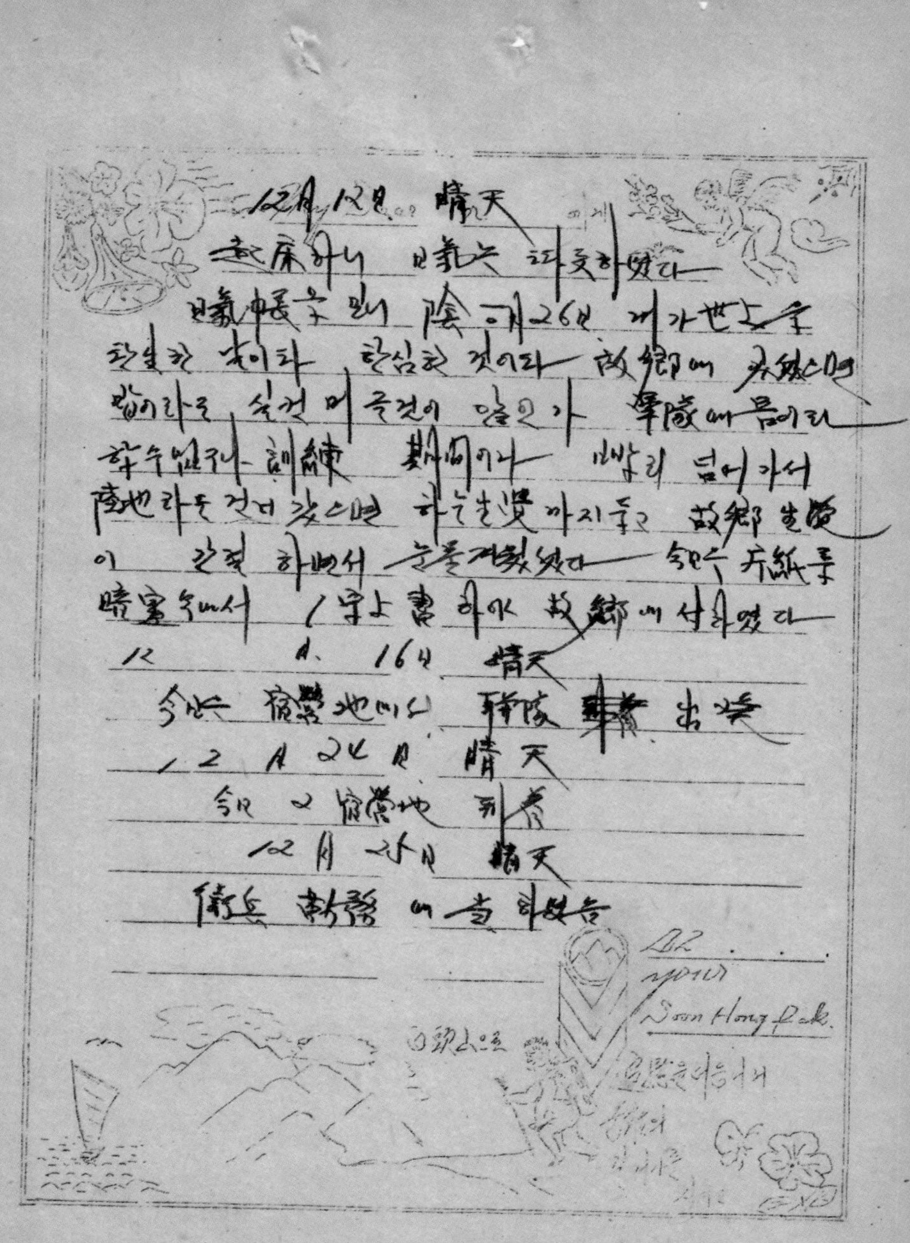

12月 12日 晴天

起床하니 日氣는 [illegible]하였다

日氣帳을 보니 陰 11月 26日 내가 世上을
탄生한 날이라 한심한 것이라 故鄕에 있었으면
밥이라도 실컷 먹을것인 알았가 軍隊에 들어와
할수없거니 訓練 期間이나 빨리 넘어가서
陸地라도 걷어 봤으면 하는 生覺까지 들고 故鄕 生覺
이 간절 하면서 눈물겨웠었다 今日은 手紙를
晴室에서 1字上書 하여 故鄕에 발하였다

12月 16日 晴天

今日은 宿營地에서 部隊 [illegible] 出發

12月 24日 晴天

今日 이 宿營地 到着

12月 25日 晴天

衛兵 勤務에 立하였음

Bye . . .
your
Soon Hong Rak.

1952년 12월 12일~25일

★12월 12일, 금요일, 晴天(맑음)

기상하니 날씨가 따뜻하였다. 일기장을 보니 음력 10월 26일, 내가 세상에 태어난 날이다. 한심한 생각이 들었다. 고향에 있었으면 밥이라도 실컷 먹었을 것 아닌가. 군대(軍隊)에 (매인) 몸이라 할 수 없없구나. 훈련기간이나 빨리 넘어가서 (지나가서) 육지(陸地)로라도 (어서) 건너갔으면 하는 생각까지 들고, 고향 생각이 간절하면서 눈물이 핑 돌았다. 오늘은 어둠 속에서 편지를 몇 자 써서 고향에 붙였다.

★12월 16일, 화요일, 晴天(맑음)

오늘은 숙영지(宿營地)에서 연대(聯隊) 출발(出發).

★12월 24일, 수요일, 晴天(맑음)

오늘은 그 숙영지(宿營地) 도착(到着).

★12월 25일, 목요일, 晴天(맑음)

徹兵(방어진지) 근무(勤務)를 하였음(경계근무인 듯).

제3부

백두산 부대 戰後 병영일기

(21사단 65연대 1대대)

1955년 5월 4일~6월 3일

1952년 10~12월 제주에서 신병훈련을 마치고 다시 전쟁에 투입된 것이 언제인지 명확하지는 않다. 추측컨대, 백두산까지 진격하라는 이승만 대통령의 명을 받아 만들어진 보병 21사단 창설 멤버로 1953년 전장에 투입되어 수많은 고지전을 치렀을 것으로 보인다.

가장 치열하게 전투를 하는 동안 일기를 쓰시지는 못했다. 그 후 戰場이 안정되며 보병 21사단 65연대 1대대 3중대 1분대장으로 1955년 5월부터 한 달 정도 남긴 일기장이 군대에서의 마지막 일기장이다. 1957년 3월 20일 계급 하사로 군 생활을 제대하여, 1957년 4월 18일 인제경찰서로 복직하셨다.

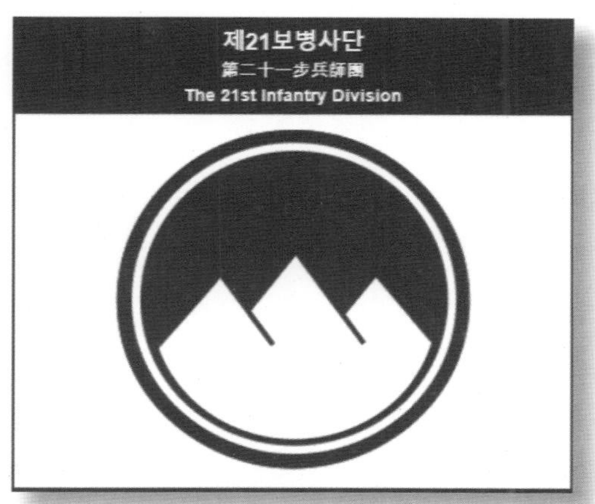
제21보병사단
第二十一步兵師團
The 21st Infantry Division

檀紀 四二八三年度

50年 6月 14日 水曜日 晴天

어제는 [illegible] 비가 내리더니 今朝는 흐린 [illegible]
[illegible]하였다. 朝食后에 淸掃를 하고 [illegible]
後에 中隊防禦教育이 実施되였다. 集結地에서
10時頃에 出発하야 防禦地域에 到着하여 配置하고
火力區域을 [illegible]한 后 12時에 工事完了 報告를 하였고
午后에는 射撃場 修理를 하러 갔다가 6時에 歸隊하여
夕食후 [illegible] 作成하여 놓고 [illegible]하다가 12時
에 寢室에 들었다.

6月 15日 木曜日 曇後晴天

今日 課目은 機動된 火力計劃과 対戦車防禦다
学課場에 到着하니 [illegible] 구름이 [illegible]
보이드라. 2時間 講義를 듣고 2時間은 工兵 [illegible]
[illegible]하여 後에 防禦地域에 가서 工事 2時間을 하고
午前 学課를 끝마쳤다. 午后에는 [illegible]하러 가서
大隊本部와 競技하여 3:2로 이
겼다. 夕食後에 学課 [illegible]
[illegible] 今日 夜間訓練 [illegible] [illegible]
[illegible] 夜間訓練은 [illegible]
訓練 正刻 9時에 끝났다.

1955년 5월 4일~5일

★5월 4일, 수요일, 晴天(맑음)

어제도 부슬부슬 비가 내리더니 오늘은 구름 한 점 없는 맑은 날이다. 아침식사 후에 청소(淸掃)를 하고 위장(僞裝)을 한 후 중대(中隊) 방어훈련((防禦訓練)이 실시(實施)되었다. 집결지(集結地)에서 10시경에 출발하여 방어지역(防禦地域)에 침투(浸透)하여 배치(配置)하고 화력규모(火力規模)를 알려준 후 12시에 임무완수(任務完遂) 보고(報告)를 하였다. 오후에는 사격장(射擊場) 수리(修理)하러 갔다가 6시에 귀대(歸隊)하여 석식(夕食), 불침번(不寢番) 명부(名簿)를 작성하여 놓고 쉬다가 12시에 취침하였다.

★5월 5일, 목요일, 雲後晴天(흐리고 맑음)

오늘 과목(科目)은 협조(協助)된 화력계획(火力計劃)과 대전차(對戰車) 방어(防禦)이다. 학과장(學科場)에 도착(到着)하니 바람이 쌀쌀하게 부는 것이 구름이 잔뜩 모여든다. 2시간 강의(講義)를 듣고 2시간을 공병(工兵) 삽을 휴대하고 방어지역(防禦地域)에 가서 공사(工事) 2시간을 하고 오전 학과(學課)를 끝마쳤다. 오후에는 배구를 하러 가서 대대본부(大隊本部)와 결승전(決勝戰)을 하여 3:2로 이겼다. 오늘 야간훈련(夜間訓練)이 있다. 저녁식사 후에 학과출장(學課出張) 집회(集會)하여 동쪽을 바라보니 어여쁜 숙녀(淑女) 같은 밝은(明) 달이 웃는 듯이 우리들 영외(營外)를 비추었다. 고향에서도 저 달을 보련만~ 야간훈련(夜間訓練)은 비상대비(非常對備) 훈련, 정각 9시에 끝났다.

6月 6日 金曜日 晴天

今日 午前에는 撤收敎育을 實施하였다. 晝食後

에는 休養時間이 있었다. 갑자기 事故가 發生하여 分隊

長 級 以上 集合하여 [illegible] 가서 2時頃에 歸隊하여 [illegible]

[illegible] 補給할 날에 [illegible] 1個 小隊가 [illegible]

가지고 쌀 속에 [illegible] 밥이 매우 맛있다. 7時부터 夜間訓

練이라 中隊 全員이 밖에 앉아서 敎育을 하지 못하고 中隊長의

命令으로 각자의 寢室하였다. 11時 까지 自習이다. 밤에

[illegible] 送舊를 [illegible] 하였다. 送舊 金鍾[illegible] 姜[illegible] 氏

[illegible] 金和永 等 6名이 飮酒하고 [illegible] 11時에 交代[illegible]

6月 7日 土曜日 晴天

起床과 同時 非常이 나왔다 集合하여 大隊에 와서 午前

에 1時間 次 中隊長 時間에 副食 價格을 배우고 2時間 次에

救急 3時-4時間 次는 體育訓練이다. 午後에 2回 間에 一等

[illegible] 其後 1中隊와 이마치 [illegible] 2回가 있다?

前日에 [illegible] 午后에는 [illegible] 못하고

[illegible] 中隊長 께서 오라 하여 가보니 [illegible]

가라 하여 [illegible] 에서 [illegible] 하고 [illegible]

[illegible] 小隊에 와서 [illegible] 하다가

夕食 後에 夜間 特別 時間에 各種 文書의 [illegible] 整備하였다.

1955년 5월 6일~7일

★5월 6일, 금요일, 晴天(맑음)

오늘 오전에는 철수교육(撤收教育)을 실시(實施)하였다. 점심식사 후에는 휴무시간(休務時間)이었다. 갑자기 산불(山火)이 발생하여 분대장급 이상 집결하여 불을 끄러가서 2시경에 철수하니 예방주사(豫防注射)를 맞고 있었다. 예방주사를 맞고 보급(補給) 창고 앞에 둑을 1개 소대가 맡아 (가지고) 쌓는데 주사 맞은 팔이 매우 아팠다. 7시부터 야간훈련이다.

중대(中隊) 전원(全員)이 팔이 아파서 교육을 하지 못하고 중대장님 명령으로 일찍 취침하였다. 나는 11시까지 순찰(巡察)이다. 몸이 아픈 것을 무릅쓰고 순찰을 돌기 시작하다. 순찰 도중(途中) 배영수(裵榮洙) 님, 계호(啓鎬), 김화영(金和永) 등 5명이 음주(飮酒)하고 시간을 보내다가 11시에 교대(交代)함.

★5월 7일, 토요일, 晴天(맑음)

기상과 동시(同時)에 비상(非常)이 떨어졌다. 집합하여 대대(大隊)에 갔다 와서 오전에 1시간차 중대장님 시간에 부식(副食) 가격(價格)을 배우고, 2시간차에 수법(受法), 3시간차에 체육훈련(體育訓練)이다. 육상을 하여 2회에 걸쳐 1등을 하였다. 그 후 1중대와 기마전을 하였으나 두 번 다 졌다. 어제 주사를 맞았기 때문.

오후에는 몸이 아파서 꼼짝 못 하고 누워 있노라니 중대장님께서 와보라고 하여 가보니, 배구선수로 가라 하나 몸이 아파서 가지 못하고 천현 군(川鉉 君)과 사진(寫眞)을 보고 머물다가 소대(小隊)에 와서 미화작업(美化作業)을 감독(監督)함. 저녁식사 후 야간(夜間) 특별시간(特別時間)에 각종 화기(各種火器)의 유효(有效) 사거리를 교육하였다.

五月 八日 日曜日 晴天

今日은 日曜日이라 午前에 [illegible]와 [illegible]에게 1枚식 [illegible] 하고 食堂 先任下士와 沐浴을 하러가서 洗濯을 깨끗이 하여 입고 [illegible]時頃에 中隊美化 作業을 實施하여 [illegible]時頃에 [illegible]했다. 아침에 [illegible]時頃에 [illegible] 가와서 그곳 [illegible] 서 文명자 教育을 시켰고 其后 小隊 教育 進度表를 作成하여 놓고 先任下士와 [illegible] 이야기를 [illegible] 讀書를 하다가 11時에 就寢하였다.

五月 九日 月曜日 晴天

今日 教育 檢閱이 [illegible] 講評을 깨끗이 하고 [illegible] 學課 [illegible] 하였고 午前 [illegible]時間은 [illegible] 教育을 하고 [illegible] 時間에 小隊 檢閱과 午후에서 体育訓練을 하였고 午后에는 銃檢閱을 [illegible]時間 하고 指揮官時間에 大隊營 兵場에서 中隊別 [illegible] 戰을 實施하여 1回는 이기고 2回는 졌다. 其后 大隊 [illegible] 하고 [illegible] 金 [illegible] 이 와서 [illegible] [illegible] 部隊에 [illegible] 하였다. [illegible] 滿[illegible] [illegible] [illegible] 사진 [illegible]을 가지고 [illegible] [illegible] 바꾸어 [illegible] 와서 [illegible] [illegible] 氣分이 [illegible]

1955년 5월 8일~9일

★5월 8일, 일요일, 晴天(맑음)

오늘은 일요일이다. 오전에 박세화((朴世和), 권병욱(權炳旭)에게 1매씩 편지를 보내고, 점심식사 후 선임하사(先任下士)와 목욕을 하러 가서 세탁을 깨끗하게 하여 입고, 2시경에 중대(中隊) 미화작업(美化作業)을 실시하여 6시경에 끝마쳤다.

아울러 8시경에 레이션이 나와서 그것을 먹으면서 문맹자(文盲者) 교육을 시켰다. 그 후 소대 교육 진행표를 작성하여 놓고 선임하사와 레이션을 먹으면서 재미있는 담화(談話)를 하고 시간을 보내다가 11시에 취침하였다.

★5월 9일, 월요일, 晴天(맑음)

오늘은 교육검열((教育檢閱)이 있다 하여 청소(清掃)를 깨끗이 하고 학과출장(學課出張)으로 출발하였다. 오전 2시간을 정훈교육(正訓教育)을 하고 보급경제 시간에 내무검열(內務檢閱)과 아울러 체육훈련(體育訓練)을 하였다. 오후에는 총검술(銃劍術)을 3시간 하고, 지휘관(指揮官) 시간에 대대 연병장(大隊練兵場)에서 중대별 기마전을 실시하여 첫 판은 이기고, 둘째 판은 졌다. 그 후 대대 오락회가 있었다. 부대 (幕舍)로 돌아오니 김영노 군(金榮盧 君)이 와서 반갑게 가족소식(家族消息)을 주고 갔다. (모두) 무고하시다는 소식은 들었으나, 러닝셔츠, 손수건, 사진, 편지를 가지고 오다가 빽을 바꾸어 오는 바람에 모두 잃었다고 하여 기분이 나빴다.

五月 十日 火曜日 晴天

今日 軍團本部에서 教育檢閱이 있다

午前 2時間은 捕虜取扱法을 教育하고 3.4時間次는 讀圖法을 教育하였다 5時間次에 軍團에서 檢閱나왔다 한 5分間 檢閱하더니 가버렸다 午后에는 個人衛生 1時間을 배우고 내일 中隊攻擊訓練이 있기 때문에 中隊長님께서 分隊長級以上은 陣內偵察을 하였다 하고 午后 夕食을 먹고 2時까지 偵察을 하고 돌아와 點呼 맞추고 就寢하였다

五月 十一日 水曜日 晴天

起床하여 5時 十分이라 빨리 옷을 입고 食事後 洗面도 못하고 6時에 集合하여 出發하였다 中隊試驗이 始作되는 것이였다 大隊 [illegible] 場에 集結하여 此后命令을 주기 다렸다 바로 [illegible] 나리는데 9時까지 기다려도 消息이 없었다 9時 30分에 檢閱官이 와서 行動開始하였다

10時 30分 에 出發하여 10時 30分 集結地에서 命令下達을 받고 [illegible] 前하다 1小隊는 豫備 小隊 右側分隊로 하였고 11時 에 攻擊開始라 [illegible] 小隊와 같이 1.2 分隊를 指揮하여 3小隊 [illegible] 하였다 12時 10分前에 目標 [illegible] 하고 集結地에 到着하였다

午后에는 [illegible] 教育이었다

1955년 5월 10일~11일

★5월 10일, 화요일, 晴天(맑음)

오늘은 군단본부(軍團本部)에서 교육검열(教育檢閱)이 있다. 오전 2시간은 포로 취급법(捕虜取扱法)을 교육하고, 3, 4시간차는 독도법((讀圖法)을 교육하였다. 4시간차에 군단에서 검열을 나왔다. 한 5분간 검열하더니 가버렸다. 그 후에는 개인위생(個人衛生)을 1시간 배우고, 내일 중대 공격 시험이 있기 때문에 중대장님과 분대장급 이상은 진내(陣內) 정찰(偵察)을 갔었다. 갔다 온 후 저녁식사를 하고 2시까지 순찰(巡察)을 돌고 인식표시를 만들고 취침하였다.

★5월 11일, 수요일, 雨天(비)

기상하니 5시 10분이다. 배낭(軍裝) 4개를 꾸려놓고 식사 후에 세면도 못 하고 6시에 집합하여 출발하였다. 중대시험(中隊試驗)이 시작되는 것이었다. 대대 연병장(大隊 練兵場)에 집결(集結)하여 차후 명령(命令)을 기다렸다. 비는 부슬부슬 내리는데 9시까지 기다려도 소식이 없었다. 9시 30분에 검열관(檢閱官)이 와서 행동개시(行動開始)하였다. 집결지(集結地)에서 10시시 30분에 출발하여 명령하달(命令下達)을 끝마치고 11시에 공격개시(攻擊開始)다. 비는 여전히 내린다. 1소대는 예비소대(豫備小隊)다. 나는 1, 2분대(分隊)를 지휘(指揮)하여 소대우측(右側) 분대로서 3소대를 지원하였다. 12시 10분 전에 목표를 탈환하고 집결지에 도착하였다. 그 후 방어교육(防禦教育)이다. 점심식사를 하고 각 분대장이 모여서 선임하사와 같이 음주(飮酒)를 하고 방어진지(防禦陣地)에 도달하여 4시 30분에 저녁식사를 하고 5시에 방어교육을 끝마치고 6시에 부대에 도착, 의복(衣服)이 젖어서 덜덜 떨린다. 대원(隊員)들과 통조림 2개를 따서 먹고 취침하였다.

My Dear 乙 에게

情書를 쓰하고 各分隊長의 모에서

大隊가 같이 飮酒를하고 陸軍陣地에 到着하여

十二時二十分에 點呼하고 十時에 陸軍教育을 받았으며 工事에

部隊 [illegible]、衣服이 저저서 [illegible] 隊員들라

가스메를 꼬롱하여 먹고 就寢하였다

五月 十二日 木曜日 晴天

今日 午前에는 休養했다. 午後에는 二時까지 [illegible]、二時부터는

銃檢術 이라 銃檢術時間에는 [illegible] 이마적을하여

적기 때문에 [illegible] 三時三十分에 集合하여 大隊營

兵場에 各中隊가 集合하여 시합이 벌어졌다 3中隊

는 2中隊와 줄다리기를 하게되어 2:1로 勝하였다

其後 1中隊와 싸움하여 3:1 로 勝하였다 三十分間 休息后

2中隊와 기마전을 하여 1:1 로 結勝을 짓지 못하고 날이 저물어

大隊가 集合하여 [illegible] 分間 하고 中隊로 歸隊하여

늦은 밤을 지내 [illegible] 寢하였다.

Love . . .

너의

Soon Hong Pak.

頭山으로

過去를 더듬어서

苦難의

갈매기를

짓지요

1955년 5월 12일

★5월 12일, 목요일, 晴天(맑음)

오늘 오전에는 휴무(休務)였다. 오후에는 2시간 태권진압(跆拳鎭壓), 2시간은 총검술(銃劍術)이다. 총검술 시간에는 매일같이 기마전을 하여 졌기 때문에 (미리) 조(組)를 짜놓았다. 5시 30분에 (中隊) 집합하여 대대 연병장에 각 중대 집합하여 (모두 모여) 시합이 벌어졌다. 우리 3중대는 2중대와 줄다리기를 하게 되어 2: 1로 승리(勝利)하였다. 반면 (2중대는) 1중대와 3회나 하여 3:1로 승리하였다. 5분간 휴식한 후 2중대와 기마전을 하여 1:1로 결론을 내지 못하고 날이 저물어 각 중대 집합하여 오락회(娛樂會)를 약 5분간 하고 중대(中隊)로 귀대(歸隊)하여 건빵을 나누어 먹고 취침하였다.

5月 13日 金曜日 曇晴

安寧하니 안개가 긴것이 [illegible]降할듯하다 [illegible]

을쓰니 [illegible]日이다 2時間은 課目대로 實施하고 2時間은 이야기로 午前課目을 끝마쳤다 晝食後에는 實習을 하게되였다 中隊攻擊 實習場으로 集結하여 3時30分까지 [illegible]하다가 4時에 攻擊開始하여 5時에 狀况을 그치였다 5時30分에 食事를 完了하고 大隊營兵場으로 運動하러 갔다 처음에 1中隊 : 3中隊가 걸렸다. 3回戰을 하여 2:0으로 勝하고 大隊長님이 오셔서 2中隊하고 하라하여. 2中隊하고 3回戰을 하여 2:1로 勝하였다. 夕食後 [illegible]會를 [illegible] 10分間하고 師團非常이 걸려 12時30分까지 非常訓練을 하고 中隊에 와서 各分隊長이 모여 [illegible]會를 하고 2時에 就寢하였다.

4288. 5月 14日 土曜日 晴天

今日은 前夜에 非常訓練이 있어서 午前에 師團歌를 2時間 하고 晝寢하다가 午後에는 [illegible]을 編成하였다.

5月 15日 日曜 晴天

今日은 中隊 隊內運動 [illegible] 中隊長 訓示가 끝난 後에 [illegible]으로

4288. 5. 13. 14. 15.
[illegible]
Soon Hong Pak.

追憶을 더듬어서 苦難의 갈매기를 [illegible]

1955년 5월 13일~15일

★5월 13일, 금요일, 雲晴天(흐리다 맑음)

기상하니 안개가 낀 것이 비가 내릴 듯하다. 오늘 과목(課目)을 보니 보전협동((步戰協同)이다. 2시간은 과목대로 하고, 2시간은 이야기로 끝마쳤다.

점심식사 후에는 실습(實習)을 하게되었다. 중대공격(中隊攻擊) 실습장(實習場)으로 집결(集結)하여 3시 30분까지 있다가 4시에 공격개시(攻擊開始)하여 5시에 상황(狀況) 끝이었다. 5시 30분에 식사를 완료하고, 대대 연병장으로 운동을 하러 갔다. 처음에 1중대: 3중대가 걸렸다. 3회전을 통해 2:0으로 이기고, 대대장님이 오셔서 2중대하고 하라 하여 3회전을 하여 2:1로 승리하였다. 그 후 오락회를 약10분간 하고 사단비상(師團非常) 내려 12시 30분까지 비상훈련(非常訓練)을 하고 부대로 복귀하여 각 분대장((分隊長)이 모여 전역자(轉役者) 송별회(送別會)를 하고 2시에 취침하였다.

★5월 14일, 토요일, 晴天(맑음)

오늘은 어제 비상훈련이 있어서 오전에 사단가(師團歌)를 2시간 하고 주침(晝寢, 낮잠)하다가 오후에는 기마전을 할 조(組)를 편성(編成)하였다.

★5월 15일, 일요일, 晴天(맑음)

오늘은 연대 대대 대항(大隊對抗) 경기이다. 연대장(聯隊長) 훈시(訓示)가 끝난 후 운동회(運動會)가 개시(開始)되었다.

My Dear Mr. 에게

運動会가 開始되였다. 처음에 줄다리기

1大隊:2大隊 勝 1大隊, 1大隊:3大隊 勝 3大隊

3大隊:2大隊 勝 3大隊. 一等은 3大隊 (줄다리기).

다음 수류탄 투척 1大隊 一等 다음 뽈채기 1大隊:2大隊

2:0으로 1大隊 勝 3大隊:1大隊 2:0으로 1大隊 勝 다음

2大隊:3大隊 2:1로 3大隊 勝 一等은 1大隊 (뽈채기)

다음에는 이어달리기 벌어졌다 처음에 1大隊:2大隊 맥도 못추고

2:0으로 2大隊가 졌다 1大隊은 사기가 왕성하였다. 다음 3大隊

와 1大隊. 이번 역시 맥도 못추고 3大隊가 졌다. 다음 2大隊와

3大隊 아하여 3大隊가 졌다. 運動会는 이로끝맞이고 總合

点數 1等 [illegible] (1大隊) 2等 3大隊 3等 2大隊 이와같이

決勝되여 1大隊은 사기왕성하여 상장과 [illegible]를 타서

大隊로 歸隊하여 大隊長이 氣分이 좋아서. 会式이 開始

되여. 7時까지 참이 있게 [illegible] 하다가 中隊로 歸隊하여 5名

무끌발린 後 寢[illegible]을 깨끗이 하고 全員[illegible]

이야기 하다가 자도 모르는 순간 잠이 들었으옵

[illegible] 갔다음.

그러니 두었다

Soon Hong Pak.

追憶을 더듬어서

[illegible]의

꽃씨를

심자고

1955년 5월 15일

★5월 15일

처음에는 줄다리기, 1대대: 2대대 승 1대대, 1대대: 3대대 승 3대대, 3대대: 2대대 승 3대대, 1등 3대대(줄다리기). 다음은 수류탄 투척, 1대대 1등. 다음은 봉쇄전(군대식 럭비+축구 혼합된 경기로 추정), 1대대: 2대대 2:0으로 1대대 승, 3대대: 1대대 2:0으로 1대대 승, 2대대: 3대대 2:1로 3대대 승, 1등 1대대(봉쇄전) 다음에는 기마전이 벌어졌다. 처음에는 1대대: 2대대, 맥도 못 추고 2대대가 2:0으로 졌다. 1대대는 사기가 왕성하였다. 다음 3대대와 1대대, 이번 역시 맥도 못 추고 3대대가 졌다. 다음 2대대와 3대대가 하여 3대대가 졌다(기마전). 운동회는 이로 끝마치고, 결점수(結点數) 1등 45점(1대대), 2등 3대대, 3등 2대대(순으로) 결론(結論)이 나며, 1대대는 사기(士氣)가 왕성(旺盛)하였다. 상장과 현금 10만 원을 타서 대대로 복귀하여, 대대장이 기분이 좋아 회식이 시작되어 7시까지 재미있게 놀다가 중대로 복귀하여 저녁식사를 끝마친 후 목욕을 깨끗이 하고 휴가 갔다 온 김태복(金泰福)과 이야기를 하다가 나도 모르는 순간 잠이 들었다.

4288年 5月 16日 月曜日 晴後曇

今日부터 大隊訓練 完全武裝을 하고

午前에는 攻擊待기 地点에서 休息하다가 部隊에 歸隊하여 晝食을 하고 午后에는 師団 運動大會에 나가기 爲하여 練習을 하였다 2大隊 3大隊 1大隊 1部 분대전을 實施하여 2:1로 大隊가 졌다 승리하기 노력하여 2:2로 비겼다 그다음 3중대 1中隊 2:0으로 3中隊 勝 2大隊 3大隊와 3中隊와 분대전을 하여 4:3으로 3中隊가 勝하였다 夜間에는 依願書를 쓰고 사회서 [illegible]하고 手紙 를 2枚 發送하였다.

4288 年 5月 17日 火曜日 雨晴天

오늘은 아침으로 [illegible] 草木이 [illegible]하며 상그러운 [illegible]를 풍기며 사람의 마음을 한층 즐겁게 하는 5月이다 起床하니 부슬비가 소리 없이 나린다 朝食后 雨天時 教育으로 들어갔다 午前에는 [illegible] 이야기 하고 [illegible]하다가 午后에는 晴하게 개이므로 師団運動大會 [illegible] 訓練으로 들어갔다 그 [illegible]이 實施하여

1中隊 2中隊

3中隊가 半씩 갈라서 [illegible]作하여 [illegible]

2回는 비가 와서 [illegible] 大隊로 [illegible]

[illegible] 하였다

1955년 5월 16일~17일

★5월 16일, 월요일, 晴天雲(맑고 흐림)

오늘부터 대대별 훈련. 완전무장(完全武裝)을 하고 오전에는 공격대기(攻擊待機) 지구(地區)에서 휴식하다가 부대에 복귀하여 점심식사를 하고, 오후에는 사단 대운동회를 나가기 위해 연습을 하였다. 2대대—3대대:1대대 1부 봉쇄전을 실시하여 2:1로 1대대가 졌다. 줄다리기도위와 같이 대전하여 2:2로 비겼다. 기마전 3중대:1중대 3:0으로 3중대 승리, 2대대—3대대, 3중대와 봉쇄전을 하여 4:3으로 3중대가 승리하였다. 야간에는 휴가자가 술을 사와서 음주(飮酒)하고 편지를 두 통 써 부쳤다.

★5월 17일, 화요일, 雨晴天(비오다 갬)

때는 바야흐로 산천초목(山川草木)이 성장하여 싱그러운 향기(香氣)를 터뜨려 사람의 마음을 한층 싱그럽게 하는 세월이다. 기상하니 부슬비가 소리 없이 내린다.

아침식사 후 우천 시 교육으로 들어갔다. 오전에는 적당히 이야기하고 시간을 보내다가 오후에는 날씨가 개어 사단 운동대회를 위한 기마전 훈련으로 들어갔다. 기마전을 실시하여 1중대, 2중대, 3중대가 반씩 말을 만들어 시작하여 1회는 우리 편이 지고, 2회는 비가 오기 때문에 부대로 복귀하였다.

4288年 5月 18日 水曜日 晴天

꽃은 피어 落花되고 잎은 피어 靑山이라 세월은 빠르기도 하구나. 4288年度 5月도 中순이 지나고 ?

今日도 大隊 攻書 午前에는 休務라 별일 없지 않은 休務를 알리고 美花作業을 하였는데, 美花作業을 午前에 하고 午后에는 그만 두었다고 夜間 訓練이 10時 30分에 끝마쳤다

4288. 年 5月 19日. 木曜日 曇后雨

今午前 敎育은 防禦라 朝食后 約 2km 地点에 行軍하여 防禦를 하다가 晝食后 師團 旅行練習에 參加하고 部隊에 六時頃에 到着하여 夕食后 文맹者 敎育을 시키고 就寢하였다

5月 20日 金曜日

새벽까지 내리던 비는 맑게 개였다 今日은 師團運動會다 비오다 개인 后에 어째나 故鄕이 그리워지더라. 언제나 故鄕 쪽으로 [illegible] 精神을 [illegible] 運動으로 攻書 精神 勝利가 目的이다

勝利 [illegible] 追憶을 더듬어서 [illegible]

故鄕에 그리운 사랑 [illegible]

1955년 5월 18일~20일

★5월 18일, 수요일, 晴天(맑음)

꽃은 피어 낙화(落花))되고 잎은 피어 청산(靑山)이라. 세월은 빠르기도 하구나. 4288년(1955년) 5월 중순이 지나고. 오늘은 대대공격(大隊攻擊)(훈련), 오전에는 휴무(休務)와 며칠 남지 않은 내무검열(內務檢閱)을 앞두고 미화(美化) 작업을 하지 않아서 미화작업을 하고, 오후에는 기마전을 하고 야간훈련(夜間訓練)을 10시 30분에 끝마쳤다.

★5월 19일, 목요일, 雲後雨(흐리고 비)

오늘 오전 교육은 방어(防禦)다. 아침식사 후 약 2킬로 지구(地區)에 행군(行軍)하여, 방어를 하다가 점심식사 후 사단(師團) 예행연습(豫行演習)에 참가하고 부대에 6시경에 도착하여 저녁식사 후에 문맹자(文盲者) 교육을 시키고 취침하였다.

★5월 20일, 금요일, 晴天(맑음)

새벽까지 내리던 비가 오늘 (아침)은 맑게 개였다. 오늘은 사단 운동회다. 비 오다 개인 후에는 언제나 고향이 그리워지더라. 언제나 내 고향(가보나). 쓸쓸한 전선(前線)에서 오랑캐와 정신력(精神力)으로 싸우는 이 내 몸. 운동도 공격정신(攻擊精神), 승리(勝利)가 목적이다. 기마전은 결승에서 승리하고, 봉쇄전도 결승에 승리하고/ 3중대를 대표하여 (선수로) 앞에 나서니 마지막인 것처럼 혼신의 힘을 다하여 달린다. (끝나고 나서) 팔다리가 아프니 고향에 그리운 사랑 그립다. 2시경에 엄기돈 군(嚴基敦 君)과 음주(飮酒)하였다.

年 月 日 曜日 晴

今日 午前 4時30分에 起床하여 食事를 마치고

5時30分에 大隊에 到着하여 6時30分에 추럭으로 出發하였다

前日부터 繼續되는 師團運動大會는 8時부터 始作되였다

7時30分에 우리가 책임진 마라톤이 實施되여 2:0으로 65

聯隊가 勝하는 光景에는 갔다 行軍大會에 있어서 1時에

出發하여 4時에 到着하였다. 65聯隊가 一等으로 들어왔다

運動大會 閉會式이 6時에 始作되였다. 總点數 A組 2?点

B組 105点 63聯隊 173点 65聯隊 171点 66聯隊 209点이다

시合 1等 상 송아지 一匹. 總点 1等상 ... 따라 [illegible]

여러가지 상장 및 상품이 授與되였다 억울하게도 65聯隊

는 等數에 들지 못하였다. 運動大會 성적으로 보아서는

一等할것 같았는데 심판관이 私的으로 하는 것 같았다

閉會式을 마치고 7時頃 車輛이 와서 乘車하여 軍歌를

부르며 部隊에 到着하여 보니 11時다 不寢番 [illegible]

[illegible] 보라 [illegible]

※ [illegible] 계속되는 사랑 [illegible]

[illegible]

8時에 [illegible]

[illegible] 무슨 [illegible]

1955년 5월 21일

★5월 21일, 토요일, 晴雨天(맑다가 비)

오늘은 4시 30분에 기상하여 식사를 마치고 5시 30분에 대대에 도착하여 6시 30분에 트럭으로 출발하였다. 어제부터 계속되는 사단(師團) 운동대회(運動大會)는 8시부터 시작하였다. 9시 30분에 우리가 책임진 기마전이 실시(實施)되어 2:0으로 65연대가 이기고(勝), 봉쇄전에는졌다. 행군대회(行軍大會)가 있어서 1등으로 출발하여 4시에 도착하였다. 65연대가 2등으로 들어왔다. 운동대회 폐회식이 6시에 시작되었다. 총점수(總點數), A팀 25점, B팀 105점, 63연대 73점, 65연대 71점, 66연대 209점이다. 씨름 1등상 송아지 한 마리, 총점 1등상 황소 한 마리, 기타 여러 가지 상장 급 상품이 수여(受與)되었다. 억울하게 65연대는 등수에 들지 못하였다. 운동대회 할 적에는 1등을 할 것 같았는데, 심판관이 사적(私的)으로 하는 것 같았다. 폐회식(閉會式)을 끝마치고 9시경 차량이 와서 승차하여 군가(軍歌)를 부르며 부대에 도착하여 보니 11시다. 불침번 명부를 작성하여 주고 나니 비가 소리치며 쏟아지기 시작했다.

※맑게 개인 하늘에 종달새 울고, 계속되는 사단 운동회 8시에 시작했다. 선수들의 모습은 씩씩하다. 사선(斜線)으로 지어진 청산(靑山) 속에 금빛 옷을 떨쳐입은 꾀꼬리 우는 소리 구슬프다.

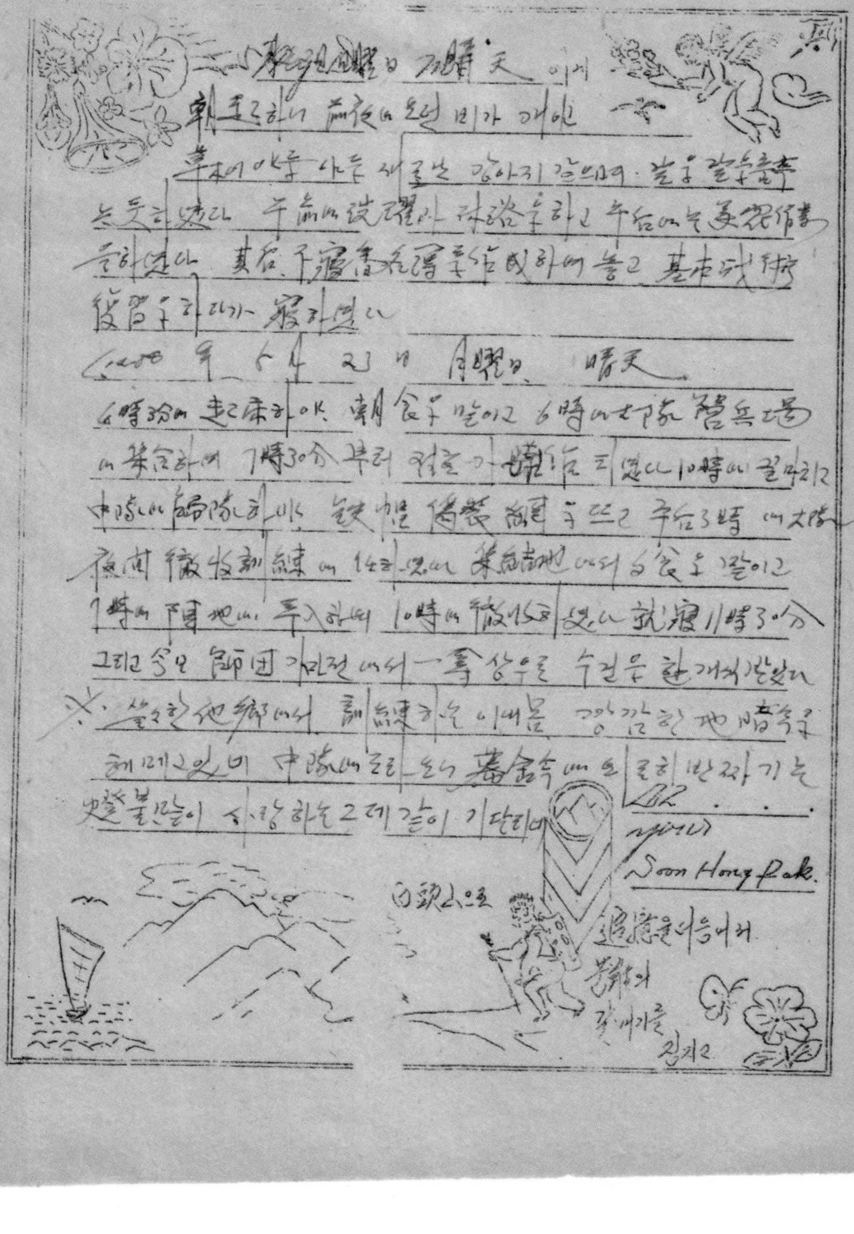

○月○日 ○曜日 晴天 이게

朝起하니 前夜에 오던 비가 개어

草木이 비를 맞은 새로운 망아지 같으며. 날은 ...

는 듯하였다 午前에는 ... 하고 午后에는 美術作業

을 하였다 其后 下宿 ... 하여 놓고 基本 ...

復習을 하다가 寢하였다

1958年 5月 2?日 月曜日 晴天

6時30分에 起床하여 朝食을 먹이고 6時에 大隊 練兵場

에 集合하여 7時30分부터 행군 ... 하였다 10時에 끝마치고

中隊에 歸隊하여 鉄帽 ... 을 쓰고 午后3時에 大隊

夜間 撤收訓練에 나갔다 集結地에서 夕食을 먹이고

7時에 陣地에 투入하여 10時에 撤收하였다 就寢 11時30分

그리고 今日 師団 개선에서 一等상으로 수건을 한개씩 받았다

※. 쓸쓸한 他鄕에서 訓練하는 이 몸 ... 한 地暗을

헤매고 있으며 中隊에 ... 寄宿舍에 ... 반짝이는

불빛이 사랑하는 그대 같이 기다리며 ...

Soon Hong Pak.

白頭山으로

追憶을 더듬어서

...

...

1955년 5월 22일~23일

★5월 22일, 일요일, 晴天(맑음)

기상하니 어젯밤 내리던 비가 개이고, 草木이 야들야들 새로 난 강아지 같으며 산들산들 춤추는 것 같았다. 오전에 세탁과 목욕을 하고, 오후에는 미화작업을 하였다. 그 후 불침번 명부를 작성하여 놓고 기본전술(基本戰術) 복습을 하다가 잠이 들었다.

★5월 23일, 월요일, 晴天(맑음)

4시경에 기상하여 아침식사를 마치고 6시에 대대(大隊) 연병장에 집합하여 7시 30분부터 점호가 시작되었다. 10시에 끝마치고 중대로 복귀하여 철모(鐵帽) 위장망(僞裝網)을 뜨고 오후 3시에 대대 야간 침투훈련에 임하였다. 집결지에서 저녁식사를 마치고 7시에 진지에 투입하여10시에 철수(撤收)하였다. 취침 10시 30분. 그리고 오늘 사단 기마전에서 1등상으로 수건을 한 개씩 받았다.

※쓸쓸한 타향에서 훈련하는 이 내 몸, 깜깜한 암흑(地暗) 속을 헤매고 있네. 중대에 돌아오니 막사(幕舍) 속에 외로이 반짝이는 등불만이 사랑하는 그대같이 기다리네.

[illegible] 火曜日 晴天

前日에 夜間敎育이 있었기 때문에 8時에

起床하여 朝食을 먹이고 淸掃를 시킨 後에

午前 中은 休養하였다. 晝食後 點呼를 完了하고 1時

부터 師團射擊大會를 爲한 予備射擊訓練에 參加

하게 되었다. 第2組에 編入되어 射擊한 結果 今日은

合格되여 7時에 끝맞이고 中隊에 歸隊하여 8時에 夕食을 맞

이고 [illegible] 完了 10時20分에 寢하였다

4288. 5. 25. 水曜日 天氣 晴

日中 午後 6時까지 射擊訓練을 하였다 M1 組는 3時에 끝

맞치고 줄넘기에 놀았자가 잠이 들어 내가 休暇次로 家內를 가서

아내를 만나 참이 익게 이야기 하고 있는 次에 集合 소리에 깨어

보니 꿈이였다. 氣分이 매우 좋지 않았다. 담배를 한대 피우

려고 라이타를 열어 불을 붙이고 놓은 것이 없어져서 찾지

못하여 그사람에게 未安한 感이 禁치 못하였다. 中隊에

歸隊하여 沐浴을 하고 夕食 後에 點呼를 하여

1班에 피로를 회복 시켰다 其後 문맹자

교육을 [illegible] 있으므로 11時 까지

[illegible] 생각 작은 [illegible] 시키고 演하려 놓아에 걸치고 故郷

生學이 [illegible] 못하였다

1955년 5월 24일~25일

★5월 24일, 화요일, 晴天(맑음)

어제 야간교육이 있었기 때문에 8시에 기상하여 아침식사를 마치고 청소(淸掃)를 시킨 후에 오전은 휴무(休務)하였다. 점심식사 후에 이발을 완료하고 1시부터 사단 사격대회(射擊大會)를 위한 예비 사격훈련에 참가하게 되었다. 제2조에 편입(編入)되어 사격한 결과 오늘은 합격하여 7시에 마치고, 중대에 복귀하여 8시에 저녁식사를 마치고 무기수입을 하고 10시 20분에 취침하였다.

★5월 25일, 수요일, 晴天(맑음)

오늘은 하루 종일(日中) 6시까지 사격훈련을 하였다. M組는 3시에 끝마치고 졸리기에 누웠다가 (깜빡) 잠이 들어 (잠깐 꿈을 꾸는데) 내가 휴가 차(休假次) 집으로 가서 아내를 만나 재미있게 이야기하고 있는데 '집합(集合)' 소리에 깨어보니 꿈이었다. 기분이 매우 좋지 않았다.담배를 한 대 피우려고 라이터를 얻어 불을 붙이고 놓은 것이 없어져서 찾지 못하고, 그 사람에게 미안한 느낌을 금(禁)치 못하였다. 중대에 복귀(復歸)하여 목욕(沐浴)을 하고 오후에 오락회를 하여 하루 피로를 회복하였다. 그 후 문맹자(文盲者) 교육을 11시까지 시키고 자려고 누웠으나 조각달이 서쪽에 걸쳐 있어 고향 생각이 간절하였다.

My Di... 5. 26. 木 [illegible]

今日도 매일 射擊大會에 準備하기 爲해서

前日과 같이 午后 [illegible]까지 하였다. 其后 밤에 [illegible]

하기 爲해서 夜間 作業을 8時까지 實施하고 又 食后

內務班에 와서 편지를 쓰고 先任下士와 社會에 있어서의 談話

를 하고 就寢하였다 作日보다 더 커진 조각달은 저 故鄕

을 보련만 나는 어이하여 못갈까 달 밝으면 故鄕 그리워

5. 27. 金. 晴雨天

7時부터 [illegible] 射擊大會가 開始되었다 나는 제 2組

였다 제1組는 午前에 射擊을 끝맞이게 되었다 午後

에는 銃 監視를 하다가 6時에 射擊이 끝나서 점수

發表를 보니 나는 90점이였다. 1等 2大隊 2等 1大隊

였다. 射擊이 끝난 後 비가 나리기 時作한다 午後 7時

에 食事를 마치고 洗面을 한 後 [illegible] 敎育을 시키고 있는

데 비는 소리치고 나리고 있었다 [illegible] 글이로

마음이 매우 기뻤다

Soon Hong Pak.

1955년 5월 26일~27일

★5월 26일, 목요일, 晴天(맑음)

오늘은 내일 있을 사격대회에 대비하기 위하여 어제처럼 오후 6시까지 (사격훈련을) 하였다. 그 후 6시에 저녁식사, 사열(査閱)을 하기 위하여 미화작업을 8시까지 실시하고 내무반별 간판을 쓰고 선임하사와 사회에서 있었던 이야기 담화(談話)를 나누며 시간을 보냈다. 어제보다더 커진 조각달은 내 고향에서도 보련만, 나는 어이하여 (고향을) 못 볼까. 달이 밝으면 고향이 그리워~.

★5월 27일, 금요일, 晴雨天(맑다가 비가 옴)

9시부터 연대 사격대회가 개시(開始)되었다. 나는 M1 2組였다. M1 組는 오전에 사격을 끝마치게 되었다. 오후에는 銃 감시(監視)를 하다가 6시에 사격이 끝나서 점수 발표를 보니 나는 90점이었다. 1등 2대대, 2등 1대대였다. 사격이 끝난 후 비가 내리기 시작한다, 오후 7시에 식사를 마치고 세면(洗面)을 한 후 문맹자(文盲者) 교육을 시키고 있는데, 비는 (더욱) 소리치며 내리고 있었다. 가물던 끝이라 마음이 매우 기뻤다.

8. 28. 土 雨天 에서

起床하니 如前히 雨降한다

朝食後 雨天教育으로 内務班에 実施되었다
2時間은 歩兵協同教育을 받고 2時間은 재미있는
이야기를 하고 午后에는 陣地工事를 하러 간다 하며 出
動準備하여 놓고 있노라니 비가 그치지 않기 때문에
休息하다가 8時부터 9時까지 문맹자 교육을 시키고
不寝番 名簿를 만들어 勤務를 [illegible]하고 就寝하다

8. 29 日、晴雨天

聯隊長의 命에 依하여 主陣地 工事를 하러 가게
되었다. 中隊에서 9時頃에 出発하여 10時30分에 目的地
에 到着하여 10中隊에 配属되었다 12時30分에 寝
所를 만들고 食後 食台를 만들고서 3時부터 作業
이 開始되었다 5時까지 作業中 雨降이 甚함으로
帰隊하여 天幕으로 들어서니 雷聲이 [illegible]게 울려
오며 무섭게 비가 나리더니 우박이 주먹
기만하게 約10個 나렸다 [illegible]

[illegible] 이러[illegible] 산[illegible]
[illegible] [illegible]人[illegible]
[illegible]의 人[illegible]가
만은 해를 [illegible] 운것 같은 [illegible]으로
의탁하고 [illegible] 한 天幕[illegible]
여기다 거기다 [illegible] 물이 [illegible]
[illegible] [illegible]

이내린다 이것을 무릅쓰며 軍人이다 우리들 [illegible]
이같이 苦生하며 国家를 防衛함으로 後方에서 잠이 익게 [illegible]하는
것이다 그리운 내 故郷 그리워 [illegible] 외로히 산속에서 숨어왔는 내 [illegible]
내게 또 다시 도라오는네 [illegible]할 [illegible]

1955년 5월 28일~29일

★5월 28일, 토요일, 雨天(비)

기상하니 여전히 비가 내린다. 아침식사 후 우천교육(雨天教育)으로 내무반(內務班)에서 실시하였다. 2시간은 보전협동(步戰協同) 교육을 받고, 2시간은 재미있는 이야기를 하고, 오후에는 진지공사(陣地工事)를 하러 간다 하여 작업준비(作業準備) 하고 있노라니 비가 그치지 않기 때문에 휴식하다가 8시부터 9시까지 문맹자 교육을 시키고, 불침번 명부를 만들어 근무배치(勤務配置)를 하고 취침하였다.

★5월 29일, 일요일, 晴雨天(맑다가 비)

연대 命에 의하여 주진지(主陣地) 공사(工事)를 하러 가게 되었다. 中隊에서 9시경에 출발하여 10시 30분에 목적지에 도착하여 10중대에 투입되었다. 12시 30분에 침소(寢所)를 만들고만들고, 식사 후 식대(食始)를 만들고서 3시부터 작업이 개시되었다. 6시까지 작업 중, 비가 심하게 내려 귀대하여 막사로 들어서니 천둥번개가 치고 막사 벽이 번쩍거리더니 무섭게 비가 내리더니 주먹만 한 우박이 퍼붓기 시작하여 약 10분간 내렸다. 後方에서는 농가에 많은 해를 입혔을 것 같았다. 쓸쓸한 심정(心情) 어디에 의지할까? 협소한 막사에 10여 명의 인원이 오물거린다. (막사) 밑으로는 물이 스며들고, 위로는 우박이 (무섭게) 내리친다, 이것을 무릅씀이 (이겨내는 것이) 軍人이다. 우리 靑年이다. 이같이 고생하며 국가를 방어(防禦)함으로써 후방(後方)에서는 재미있게 (평화롭게) 生活하는 것이다. 그리운 내 고향, 그리운 내 집, 외로이 산곡(山谷) (산골짜기)에 숨어 있는 내 몸, 작년에 왔던 산천에 또 다시 돌아왔네. 잊지 못할 한탄강(漢灘江)~

8.30 月 晴天

때는 바야흐로 나에게 草木도 新綠을 자랑하고
人間의 心情을 살리시키며 따뜻한 햇빛은 [illegible]
눈부시다 어제 나리던 우박은 간곳이 없고 맑게 개인
하날에다 萬古을 나래치는 듯 한탄강은 東西로 흐른다
8時에 出發하여 作業場에 가서 作業을 하다가 午后에는
써 [illegible] 라는 제목의 小說을 읽었다 참으로 [illegible]
나도 그러한 환경에 도달한 적이 있었다 7時에 作業을
끝이고 歸隊하여 10時에 就寢했다

8.31 火 晴天

8時부터 作業場으로 가서 約20分間 作을 하다가 以後 監
독만 하고 作業이 끝날 무렵 將校 들이 싸우는 구경을 하다가
말리고서 도라지를 한 대 반찬 거리는 캐가지고 歸隊하였다 夕食
後 山高地에 올아가 보니 漢灘江은 如前히 흐르고 午后
7時頃이 되니 밝은 달은 天空에 높이 떠서 웃듯이 우리 등을 밝혀
주었다 先任下士 天幕으로 가서 [illegible] [illegible] 먹고 [illegible]
찾아 [illegible] 이야기 [illegible] 이야기
[illegible] 이야기를 하다가 就寢

1955년 5월 30일~31일

★5월30일, 월요일, 晴天(맑음)

때는 바야흐로 산천((山川)에 초목(草木)이 울창하고 인간(人間)의 인정(人情)을 산란시키며따뜻한 햇볕을 내리쬐는 5월이다. 어제 내렸던 우박은 간 곳이 없고, 맑게 개인 하늘이다. 앞을(前方) 내려다보니 한탄강은 붉은 물로(紅水) 흐른다.

8시에 출발하여 작업장에 가서 작업을하다가 오후에는 '버들피리'라는 제목의 小說을 읽다가 참으로 구슬펐으며(구슬픈 생각이 들었으며), 나도 그러한 환경에 도달한(處한) 적이 있었다. 7시에 작업을 마치고 복귀하여 10시에 취침했다.

★5월 31일, 화요일, 晴天(맑음)

8시부터 작업장으로 가서 약 20분간 작업을 하다가 하루종일 감독(監督)만 하고 작업이 끝날 무렵 장교(將校) 둘이 싸우는 구경을 하다가 말리고서 도라지 한 포대 반찬거리로 캐가지고 귀대(歸隊)하였다. 저녁식사 후에 산고지(山高地)에 올라가 보니, 한탄강(漢灘江)은 여하(如何)히 흐르고 오후 9시경이 되니 밝은 달이 하늘에 높이 떠서 웃듯이 우리를 비추어 주었다. 선임하사 막사(天幕)로 가서 달팽이 주워 온 것을 (끓여) 먹고 미래(將來) 살아갈 이야기, 후방(後方) 이야기, 여러 가지 재미있는 이야기를 나누다가 취침.

May 8. 水 雨晴天

起床하니 雨降하다 朝食后에는

구름이 개이드니 맑은 하나리라. 今日은 8時부터 作業場에나 가서 午前에로라지 [illegible] 歲를 [illegible] 午后에 希望이라는 冊을 보고 있느라니 作業中에 1名 負傷 당하였다 하여 가서보니 我部下에 있는 1分隊員 車方弘君이였다. 急救으로 빨리 應急 치료를 하고 隊員 2名을 다리고 3大隊 의무대로 出發하였다. 2師團 찝차가 와서 그 車에 실고 3大隊 의무대까지 가서 치료를 하려고 붕대 버낀 것을 보니 피가 [illegible]하여 보지 못할 정도였다. 거기에서 치료를 좀 하고 1大隊 의무대에 가서 보은주사를 놓고 [illegible] 完全히 치료을 하는 것을 보고 中隊CP로 가서 中隊長님에게 報告하려고 기다리고 있다가 10時경에 오신다 하여 連絡兵들과 5名을 하고 衛生兵 라같이 出發하여 7時에 中隊에 到着하여 先任下士에게 報告하고 寢室 [illegible]다

Son Hong Pak.

1955년 6월 1일

★6월 1일, 수요일, 雨晴天(비오다 맑음)

기상하니 비가 내린다. 아침식사 후에 구름이 걷히더니(개이더니) 맑은 하늘이 드러난다. 오늘도 8시부터 작업장으로 나가서 오전에는 도라지를 캐며 세월(歲月)을 흘리고(보내고), 오후에 '희망(希望)'이라는 책을 보고 있노라니 작업 중에 1명이 부상을 당(當)하였다고 하여 가서 보니 비부(祕部) F(아마도 GP 벙커 같은 유형인 듯)에 있는 1분대원(分隊員) 차방홍 군(車方弘君)이었다.

급하므로 빨리 응급(應急) 치료를 하고 대원 2명을 데리고 3대대 의무대로 출발하였다. 2사단 지프차가 와서 그 차에 싣고 3대대 의무대까지 가서 치료를 하려고 붕대 벗긴 것을 보니 비참하여 보지 못할 정도였다. 거기서 치료를 좀 하고 1대대 의무대에 가서 모음주사(마취주사인 듯)를 놓고 꿰매서 完全히 치료하는 것을 보고 中隊 CP로 가서 중대장님께 보고하려고 기다리고 있다가 10시경에 오신다고 하여 연락병(聯絡兵)들과 식사를 하고 위생병(衛生兵)과 같이 출발하여 9시에 소대에 도착하여 선임하사께 보고하고 취침하였다.

My Diary 木. 晴天

午前에는 中隊全員이 合同으로 作業을
하다가 午后에는 各小隊로 配屬되며 나는
1.2分隊를 引率하여 2人用 散兵호와 AR 엄체호
를 파게되였다 3名은 2人用 散兵호를 맡기고 3名은 AR
호를 파게고 2名은 3.4分隊로 配屬시켰다 8時에
作業을 解隊하여 3.4分隊員들과 飮酒하고 兄任處
에서 片紙가 왔기에 반가히 뜯어본 家내 無故
하시다는 사연이였다 其後 金洛年兄弟에게 答書를
하여주고 兄任處에 答書를 하였다

6. 3. 날 晴曇天

5時에 起床하야 食事를 完了하고 新界와 X光線을
찍으러 小隊에서 12名이 가게되였다. 我는 아니가게되
며 잔무 수가 10名을 引率하여 作業場으로 가서
4名은 LMG 엄체호를 파러보내고 나머지 人員은 2名식
1人用 有蓋 엄체호를 구축하게 하였 [illegible] 11時30分
에 作業을 完了하고 飯合과 水통 檢査 이있다 [illegible]
2時까지 수통을 [illegible]시키고 作業場으로가서
4時까지 作業을 [illegible]
8時까지 作業을 하고 [illegible] 待期에 [illegible] 하였다 其外 [illegible]
[illegible] 하며, 가리켜 주고 10時에 [illegible]
되며, 노래부르면서 有하다가 11時에 就寢.

쓸쓸한 地平線에서
寂寞하는 그리움아
暗黑에 놀이 떠서
明朗한 빛을 내며
世上을 빛내주는
잠빛조차 [illegible]
[illegible] 같은 [illegible] 달이
어느덧 변하여 가비
둥근달이 되여 [illegible]
人間에 靑春도 [illegible]
같이 늙겠지 아
그리워라
나의 故鄕
그리워라

1955년 6월 2일~3일

★6월 2일, 목요일, 晴天(맑음)

오전에는 중대전원(中隊全員)이 합동(合同)으로 작업을 하다가 오후에는 각각 소대로 배분(配分)하여 나는 1, 2분대를 리드하여 2인용 산병호(散兵戶)와 AR 엄체호를 파게 되었다. 3명에게 2인용 산병호를 맡기고, 3명은 AR호를 맡게 하고, 2명은 3, 화분대(火分隊)로 배치(配置)하였다. 8시에 작업 끝. 귀대하여 3개 분대장들과 음주(飮酒)하다가 형님 전에서 편지가 왔길래 반갑게 뜯어보니 가내무고(家內無故)하시다는 사연이었다. 그 후 김격년 군(金挌年 君)에게 형님 전에 답서(答書)를 써서 주었다.

★6월 3일, 금요일, 晴雲天(맑고 흐림)

5시에 기상하여 식사를 완료하고 보급(補給)과 X광선(光線)을 찍으러 소대에서 12명이 가게되었다. 나는 빠지게 되어 잔류병력(殘留兵力) 10명을 인솔(引率)하여 작업장으로 가서 4명은KMG 업체호를 파러 보내고 나머지 인원은 2명씩 1인용 유각(有閣) 업체호를 구축하게 하였다. 11시 30분에 작업을 완료하고 반합(飯盒)과 수통(水桶) 검열(檢閱)이 있다 하여 2시까지 수통을 수입시키고 작업장으로 가서 4시까지 작업을 시키고 6시까지 낮잠을 자게 한 뒤 8시까지 작업을 하고 귀대하여 저녁식사 후 비상대기(非常待機)에 임하였다. 그 후 화기분대장(火器分隊長)이 나뭇가지를 쳐달라고 하여 쳐주고, 10시에 비상대기가 해제되어 노래 부르고 놀다가 11시에 취침하였다.

1955년 6월 2일~3일

[병영시(兵營詩)]

고향(故鄕)이 그리워라

쓸쓸한 타지(他鄕)에서
고향(故鄕) 하늘이 그리워라
창공(青空)에 높이 떠서
명랑(明朗)한 빛을 내서
세상(世上)을 빛어주는
달빛도 처량하다
실 같은 조각달이
어느덧 변하여
둥근 달이 되어 가네
인간(人間)의 청춘(青春)도 저와 같이
늙어가겠지
아~~그리워라
내 고향(故鄕) 그리워라

에필로그

아버님과 우리 가족

아내 장골댁 임채숙/ 야속한 당신, 그래도 천생연분이었다오

장남 凡日 박영래/ 내게도 제사 지내줄 아들이 있다

차남 龜山 박정래/ 뫼비우스의 띠처럼 동행

장녀 鉢羅 박상길/ 나의 아버지

삼남 魚思 박홍래/ 다시 부자의 연이 되고 싶어요

막내 優曇 박상희/ 막내 딸이 섬강에서 보내는 편지

손자 卿祿 박희창/ 우리 꿈의 실현으로 보답할게요.

야속한 당신, 그래도 천생연분이었다오

아내 장골댁 임채숙

이제 퇴직하면 그동안 당신 고생 다 갚고, 건강하게 살다 숙이 먼저 보내고 내가 나머지 인생 정리하리다 하더니, 슬며시 먼저 저 세상 가버리고 다시 오지 않는군요. 가만 생각해 보면,속은 것 같고(?) 약이 살짝 오르고 야속합니다.

결혼하고 한 달 신혼도 못 살고 전쟁터로 나가더니, 평생 객지로 떠다니니 한때는 정말 야속했답니다. 치열한 전쟁 3년 포함, 군 생활 6년 복무하고 큰 애가 다섯 살 무렵 제대할 때 들고 온 것이 겨우 이 일기장과 쌀 한 말이었지만, 그래도 당신이 무사히 돌아온 날 어찌나 기쁘고 흥분되는지 몇 날 밤을 설쳤답니다. 복직 신청하여 제대하고 집에 온 지 한 달도 안 되어 꽃 피는 4월에 인제경찰서로 살림 나갈 때 아무 것도 없었지만 그래도 너무 행복하고 즐거웠답니다. 운 좋게 인제 학강리 강변에 움막 하나 얻어 솥 하나 냄비 몇 개 펼쳐 놓고도시간이 어떻게 가는 줄 몰랐지요. 그 덕분에 둘째가 바로 들어섰지만요. 그 둘째가 끝까지 잘 보전한 당신 진중일기를 세상 밖으로 꺼내 주었네요.

평생 당신은 하숙생처럼 살았었지요. 박봉에도 밖에서 좋은 일은 당신이 다하고 집안 일으키고 아이들 키우는 힘든 악역은 나한테다 맡기었지요. 서화지서에서 고향 화전민 부부에게한 달 월급 다 털어주고 나보고 알아서 한 달 살라고 할 때도 당신 원망보다 어떻게 꾸려갈까만 걱정했지요. 당신은 모르는 일이지만, 그때 결국 큰 아주버니께 쌀 한 가마 보내달라고 부탁했고, 부식은 이웃 군인 가족 신세를 졌답니다. 어린 상길이에 홍래까지 태어난 때라 아이들은 어떻게든 굶기지 않으려고 발버둥쳤답니다. 그런데 그 화전민 가족이 가을에 박순경님 덕분에 살아남았다고 직접 깎은 박달나무 다디미와 서리콩 서 말을 들고 왔을 때는 눈물이 핑핑 돌았답니다. 그분들이 성공해 당신 관할이던 내공근리 호프농장 주인으로 우연히 다시 만나 얼마나 반갑고 놀랐는지, 그 당시 보험 모집인이던 내게 큰 도움이 되었지요. 당신이 야속하긴 했지만, 당신이 무엇을 하든 푸념하거나 반대하지는 않았어요.

뭐, 꼭 야속하기만 한 것은 아니어요. 우리 부부가 큰 돈은 못 벌었지만, 그럭저럭 먹고 살았고 마음 고생은 없었던 것 같아요. 당신은 당신 일에 최선을 다하고, 내가 무엇을 하든 어떤 결정을 하든 믿고 지지해 주었기에 평생 내가 생각한 대로 한 걸음 한 걸음 발전하고 살아온 것 같아요. 이웃한 마당에서 만나 그 힘든 고비 힘든 줄 모르고 넘어왔고 세월도 좋아지고 아이들도 잘 컸는데 당신이 먼저 가서 그게 야속하지요. 그래도 나는 당신을 만나 대한민국 손꼽히는 행복한 사람이었답니다. 다시 만나면 지난 얘기 나누며 당신 생각을 듣고 싶어요. 꿈에도 안 나타나지만 조금만 기다리면 다시 뵈러 갈게요.

♥♡♡♥♡♡♥♡♡♥♡♡♥♡♡♥

내게도 제사 지내줄 아들이 있다

맏아들 凡日 박영래

휴전협정은 되었다지만 아직 전운이 팽팽하게 감도는 1954년 9월 중부전선 백두산부대에서박순홍 하사는 집에서 보내온 편지를 들고 흥분하여 소리쳤다.

"이야!! 나는 이제 죽어도 한이 없다. 내 제사를 지내줄 아들이 생겼다!"

그 고함을 들은 부대원 모두가 깜짝 놀라 박하사의 편지를 보니, 첫 아들을 득남했다는 소식이 고향에서 온 것이다. 전우들은 내 일처럼 기뻐하며, 한편으로는 어깨를 툭툭 치며 부러워하였다.

특히 중대장은 "야, 꼬마(박순홍 하사의 별명)가 언제 장가를 갔다냐?" 하고 자기 일처럼 축하해 주었다고 한다. (내가 태어난 소식으로 부대에서 벌어진 일화를 아버님께 듣고 어머님이 나중에 전해준 이야기)

아버님은 내가 3살 때까지 군 복무를 하셨고, 그때 엄마와 나는 시댁 큰집에 얹혀 살아가던 터라 아버님 부재의 서러움을 많이 받았다고 한다. 마침 시댁에는 그 시절 고만고만한 아이들이 5명이나 태어나 있었는데, 저녁식사를 마치면 식구들이 대청마루에 앉아 이런저런 이야기꽃을 피우곤 했단다.

모두 둘러앉으면, 나보다 한 살 적은 막내 삼촌은 할아버지 무릎에 앉고, 두 살 많은 사촌형과 동갑내기 사촌누이는 큰아버지 무릎에 앉아 노는데, 아버님이 군 복무 중인 나는 혼자 삐쳐 떼를 써서 늘 어머님 마음을 언짢게 만들곤 하였단다. 가끔 아버님이 휴가 나오시면 “나도 이젠 아빠가 있어.” 하면서 하루종일 아버님께 껌 딱지가 되어 붙어 다녔다고 한다.

아버님은 청렴하고 성실한 공직자로서 본을 우리 오남매에게 보여주셨지만, 말단 경찰공무원으로 집안 살림은 넉넉지 못해 늘 쪼들리곤 하였다. 그런 까닭인지 고교 3학년 졸업을 앞두고 어머님은 “너를 대학에 보내기는 어렵겠구나. 동생들이 4명이나 되고 모두 최소 고등학교는 마쳐 주어야 하지 않겠니?” 하시는 것이었다. 나는 현실을 받아들일 수밖에 없었지만 마음속으로 “나는 절대 아버지처럼 살지는 않겠다. 적어도 군수 이상 성공하여 자식을 대학에 못 보내는 그런 가난은 물려받지 않을 거야.” 하고 원망도 하였다.

그러나 내가 군에 입대하여 병역 의무를 마치고, 사회생활을 하며 한 가정을 꾸리고 살면서, 아버님은 얼마나 힘드셨을까 하는 생각을 하게 되었다. 아버님이 겪은 전쟁 속에 7년간 군 생활, 말단 경찰공무원으로 오남매를 사회의 일익이 되도록 키우는 것, 기복이 많은 시대에 한 직업을 묵묵히 무탈하게 걸어가는 일이 얼마나 힘든 일인지 알게 되었다.

아버님, 고맙습니다! 사랑합니다! 존경합니다!

(現 나라감정평가, 부회장)

뫼비우스의 띠처럼 동행

둘째 龜山 박정래

인생은 참 변화무쌍한 것이 아닌지 모르겠다. 돌이켜 생각해보면 나이마다 다르고, 처한 때마다 다르고, 나이가 들면서 한 달, 한 주일, 하루에도 몇 번씩 다른 생각이 요동치니 말이다.

아버님의 진중일기를 접하고 정리하며, 아버님의 그 변화무쌍한 한 평생이 주마간산처럼 지나갔다. 천직인 듯 경찰공무원을 33년 근무하시고 정년퇴직하셨고, 퇴직 후 잠시 망설이시다가 고향 농사, 공단경비, 보험 세일즈 등 어떤 소일을 마다하지 않았고, 마지막 22년 남짓 방광암 말기로 무척 고생하며 우리를 안타깝게 하셨었다. 원주기독교병원에 입원해 있던 어느날 문병을 들리니까 해진 아버님이 내 손을 잡고 이렇게 말씀하셨다.

"그래도 5남매 중에 네가 나를 가장 많이 닮았구나. 열심히 살아주어 고맙다."

그때는 갑자기 이효석의 소설 '메밀꽃 필 무렵'의 한 장면이 떠올랐다. 봉평장을 마치고 달빛에 소금 뿌린 듯 하얗게 핀 메밀꽃밭 사이로 밤길을 걸으면서 허 생원은 젊은 장돌뱅이 동이가 왼손잡이인 것을 보고 자신의 아들인 것으로 확신하는 장면이다. 자신도 모르게 아버지를 닮아가는 삶을 사는 게 아닌지 하는 생각이 들었다.

바로 이웃은 아니지만 고향마을 강 건너 이웃 동리 처자와 결혼했고(아버님은 아래윗집 간 혼사), 강원도 진부령 최전방에서 군 생활을 하였고, 광고회사가 천직인 듯 25년 근무하고 35년 넘게 광고 마케터로 살아가고 있고, 대도시 서울이 싫어 양평 전원에 터를 잡고 앉았으니 말이다. 이런 삶의 구조적인 부분보다도 아버님의 정리하는 습관, 글 쓰는 재주, 마음 쓰는 품성, 사람을 좋아하는 성격 등이 아버님을 빼닮았나 보다.

저 세상으로 가신 지는 17년이 되었지만, 어느날 갑자기 환하게 웃으며 불쑥 나타난 진중일기 덕분에 자식들이 아버님을 다시 만나는 계기가 되었다. 전쟁과 고난으로 얼룩진 아버님의젊은 날의 모습에서 우리 젊은 날을 데자뷰하며 왠지 뫼비우스 띠에서 아버님과 계속 동행하는 느낌을 받았다. 직접 만날 수는 없지만, 계속 걷고 또 가다가 보면, 어느 곳에선가 껄껄껄 웃으시며 불콰하게 취한 아버님을 만날 것 같은 착각에 빠진다.

짧은 근현대사를 온몸으로 짊어지고 살다 가신 아버님의 삶에 경의를 표하며, 부끄럽지 않은 자식이 되겠다고, 남은 인생 마무리 잘 지어보겠다고 다짐해 본다. 아버님, 다시 향 좋고 독한 명주 한 잔 권하며 이런저런 지난 이야기 나눠보고 싶어요. 아버님 18번 고향무정과 다르게 아버님은 저의 영원한 마음의 고향이에요.

(서울과학기술대학교 경영학과 강의교수)

나의 아버지

셋째 鉢羅 박상길

아버지의 일기에는 생사를 넘나드는 삶이 있었다.

길고 긴 전쟁 속에서도 용기를 내시고 긍정의 힘으로 버티신 아버지.

우리의 긍정적인 에너지는 아버지께서 물려주신 유전인가 보다.

후에 경찰 재직 중에도 내 기억 속에는 늘 가족과 떨어져 지내신 생활이 대부분이었으니 인생 중 긴 시간이 외로우셨으리라.

어릴 적 가끔 집에 오시면 사각사각 크라운 산도와 빵, 과일 등을 손에 가득 들고 오시니 아버지 오시는 날이 참 좋았다.

아버지는 직장생활할 때는 돈 버느라 힘들지?, 아이들을 키울 때는 애 키우느라 고생이 많다며 늘 큰 품으로 안아 주셨다.

아이를 낳고 키워보니 육아 교육을 배운 적 없는 아버지가 우리에게 따뜻함으로 자식을 보듬어주는 것이 최고의 교육임을 알고 계셨는지~

하늘이 내려주신 나의 아버지 고마워요.

진중일기를 읽으면서 20대 젊은 세월 적과 굶주림과 싸우고 삶과 죽음을 오가면서 너무너무 고생 많이 하는 장면에 눈물도 나고, 가끔 그 주 행복한 하루를 마무리하는 날은 같이 웃으면서 아버지의 힘든 시절 덕분에 우리가 편히 잘 살 수 있었음에 감사드립니다.

아버지 사랑합니다.
-큰딸 올림
(큰살림 주부)

딸 장녀 상길회갑

딸 상길,상희가족

다시 父子의 연이 되고 싶어요

넷째 魚思 박홍래

아버님 전장일기를 읽고 험난한 시절을 살아가면서 기록을 남긴 아버님께 무한한 존경이 들었다. 간간이 아버님께서 6.25 전쟁 이야기를 하시긴 했지만, 그냥 스쳐 지나가는 단편적이고 간략한 것들이었다.

제주훈련소 시절 배가 고파 뜨물통에서 무 조각 건져먹고 잠드셨던 이야기 정도였는데, 아마도 자식들에게 말씀을 다하지 않은 이유가 후에 일기를 읽어 보라는 뜻이었는가 보다. 젊은, 어쩌면 어린 나이에 생사를 맡긴 전쟁이라는 시공간에서 삶들은 아득한 것이었으리라..

그런 순간에 일기라는 특별한 기록을 하셨다는 것은 아버님이 가지고 있는 내유외강의 정신이라고 생각한다. 그런 아버님 덕분에 오늘의 내가 있는 것이리라.

아버지를 생각해보면 아버지는 나에게 은근한 정은 물론이고, 존경하고 의지할 수 있는 든든한 큰 산이셨다. 아버지도 아들을 무던하게도 서로 지켜보는 사이였던 것 같다.

작은 기억들을 들춰본다, 어린 시절 감기 걸린 아들을 힘껏 품으시고 잠자리를 같이하던 기억, 냇가 합수소(강여울 이름) 근처에서 달팽이 잡고, 섬강에서 어항 놓던 기억, 청일지서 계실 때 놀러 가서 용돈 받아 고구마깡 사먹던 기억, 술 한 잔 하시면 불만이 있냐고 물으시곤 열심히 살라고 토닥거리던 기억, 군에 있을 때 아버님이 퇴직하시고 면회를 오셨는데 갑자기 늙어보여서 마음이 아련했던 일, 고향 친구들과 술 한 잔 하고 2차 포장마차에 들렸다가 아버님을 우연히 만나 오뎅에 쇠주 한 잔 건네주시던 모습이 참 멋져 보였던 순간……그리고 철들고 내가 아버지가 되었을 때, 장모님 칠순에 오셔서 "내가 강맹숙이 시애비 올시다." 하시고노래 한 자락 구성지게 뽑던 일, 암 투병 하실 때 어려운 자식 왔다고 잡탕밥을 사주셨던 아버님, 유쾌함과 깊은 정과 기대고 싶은 넓은 어깨의 든든함을 주셨던 아버님.

아버님이 투병생활 하실 때 나는 참 힘이 들었었다. 그래서 자주 뵙지도 못하고, 뭐 하나 제대로 해드리지도 못했다. 지금 생각하면 무척이나 가슴 아프고 죄송하다. 송구스럽다.

아버지 셋째 아들 홍래도 아버지 유전자를 가진 소우주입니다. 아버님이 주신 어항 놓는 기술도 있구요, 노래도 한 자락 그럴 듯하게 부르구요, 술도 좋아좋구요, 바르게 살고 정의롭게 살아간답니다. 그리고 항상 열심히 살고 있습니다. 가끔 망가져서 아버님 마음 어지럽게 하긴 했지만, 그래도 꿋꿋하게 견디며 잘 살아갑니다. 지금은 동해 울진에 있습니다. 어디 있어도 아버님 아들로서 부끄럽지 않게 살고 있습니다.

울진 동해바다 한 구석에서 낚시를 할 때 하늘을 보며 아버님을 생각하곤 합니다. 아버님이약주 한 잔 하시면 묻곤 하셨던 "넷째야, 아버지한테 불만 있냐?"에 대한 답입니다.

제 답은 언제나 "불만 없습니다."랍니다. "아니, 하나 있습니다.

왜 그리 일찍 가셨는지요?”

다시 인연이 주어진다 하여도 아버님 아들이고 싶습니다. 누구나가 그렇겠지만 다시 인연으로 만나면 속 썩이지 않고 잘 모시겠습니다. 셋째 아들 잘 키워 주셔서 감사합니다.

사랑합니다, 아버님!!

(울진 그랜드호텔 총지배인)

막내딸이 섬강에서 보내는 편지

막내 優曇 박상희

사랑하는 아버지, 당신이 쌓은 돌탑이 있는 승지봉이 올려다 보이고, 아침마다 당신이 걷던 오솔길과 가을이면 알밤을 떨구던 약수터와 징검다리 사이로 명랑하게 흐르는 섬강 물줄기가 한 눈에 보이는 아담한 12층 아파트 베란다에서 섬강을 굽어보는 일로 오늘도 나는 하루를 시작합니다.

아버지, 당신이 세상을 떠나시고도 한참을 지나 낯선 시간과 풍경을 떠다니다 돌아온 곳, 반바지에 밀짚모자를 쓴 여름날의 당신이 그 투명한 강물을 짚으며 유리 어항을 놓던 바로 그 강가입니다.

자갈마당이던 강변은 콘크리트 포장을 한 너른 둔치로 변했고, 강가에는 예전엔 없던 갈대밭이 바람에 넘실대지만, 강이 주는 위로는 여전한 것이어서 주말에 섬강 둔치는 계절도 없이코로나에 지친 캠핑카의 불빛이 즐비한 차박의 성지로 불린답니다.

착한 당신이 살아계셨다면 그들이 어지럽히는 우리의 뒷내개울을 염려하시며 쓰레기를 습관처럼 치워주셨겠지요. 그래도 밀어내지 않고 그들을 위해 기꺼이 자리를 내어 주셨을 겁니다. 당신은 그런 분이지요.

“아버지, 저승에”

아버지 저승에 전화 한 대 놔 드릴게요.
저승을 지나는 바람소리,
저승에 꽃피는 소리, 주고받는 웃음소리
제게 들려주셔요
늦잠으로 깨어나지 못할 때마다
햇목화 솜이불 몸에 말아주며
내 꿀 항아리
놀리시던
그 따뜻한 목소리

낭떠러지를 품은 오후를 넘긴 것도
몸 던지고 싶은 거센 강물을 건넌 것도
아버지의 유산 때문입니다
당신이 주신 통장에는
사랑의 잔액이 아직 너무 많습니다

아버지, 저승에서 다시 만나면
이제는 제가
머리 곱게 빗겨 드릴게요
거울 앞에 앉혀
손수 머리 땋아주시며

늘 주머니에 넣고 다니고 싶다던
아버지의 딸은
당신을 그 차가운 땅 속에 묻고
저 혼자 돌아와
없는 전화번호만 누릅니다

아버지, 저승잠이 너무 깊어
신호음이 들리지 않나요
그러면 부재중 메시지라도 남겨주셔요
-아버지 여태 채마밭에 있다 이 푸성귀들 자라거든 가져다 먹으렴, 아가야
(2014년 아버지를 그리워하는 막내딸의 졸시)

제가 어렸을 때 아버지 퇴근길에 술에 취했어도 옆구리에 끼고 오신 신문 포장지에 둘둘 싼 찐빵의 따끈함 그대로의 체온으로, 제가 어른이 되어 첫아이를 가졌을 때는 입덧하는 딸을 위해 주머니에 챙겨주시던 초콜릿의 달콤함으로 아버지는 지금도 내 곁에 계십니다.

편치 못한 저의 결혼생활로 수년을 외손인 큰애를 업고 안고 키워주시며 맘과 몸이 고되셨을 텐데도 나무람 하나 없으셨던 아버지, 뒤늦게 살림을 나가는 내 손을 잡고 오히려 고맙다고맙다 하시던 당신, 노년에 이렇게 예쁜 아가와 지낼 수 있는 시간을 선물해 줘서 행복했구나 웃으면서 말해 주셨어요.

세상에서 이토록 넓은 가슴을 내게 내어준 사람이 또 있을까요.

아낌없는 나무처럼 모든 걸 내어주고도 또 쉬어가도록 마지막 등

걸까지 되어 주셨던 나의 아버지.

아버지가 내어준 가슴에 누구보다도 우리 아이들이 무럭무럭 바르게 잘 자랐어요, 아버지.

아버지가 업고 안고 키워 주신 큰애는 세상에서 가장 존경하는 사람을 묻는 질문에 외할아버지라고 대답하곤 했답니다.

이제 그 애들도 아버지가 진중일기를 쓰던 이십대를 훨씬 지난 나이가 되었어요.

아버지의 진중일기를 읽으면서 마치 타임머신을 타고 시간 여행자가 되어 젊은 청년인 아버지를 만난 듯이 피부로 생생하게 느껴졌지요.

사랑하는 조국을 지키기 위해 푸른 꽃 같은 청춘을 기꺼이 바친 아름다운 젊은이가 여기 가까이 있었다는 것을 어찌 미처 몰랐을까요. 조국의 낮은 땅에서 이 산하를 지켜낸 무명의 용사였던 당신이 있었기에 오늘 나와 내 아이들의 삶이 있다는 사실이 가슴 뭉클합니다.

그 고단하고도 지난한 전쟁을 겪어내면서도 인간으로서 순수함을 지켜내셨고 그토록 따뜻한휴머니스트로 평생을 살아내신 아버지를 우리 모두 존경하고 사랑합니다.

당신의 걸음과 체취가 배어 있는 섬강을 내려다보며 아버지의 진중일기를 읽는 것은 너무도소중해서 목젖이 울컥 뜨거워지는 순간도 많았지요.

아버지 진중일기를 이사 다닐 때마다 보따리에 잘 싸서 소중하게 간직해주신 어머니께도 감사드립니다.

오늘밤도 섬강 흰 물줄기를 따라 다정하게 두런두런 얘기를 나누는 별들이 뜨고, 인간들의 밤이 저물겠지요.

우리가 다시 별이 되어 만나면 저렇게 다정하게 이마를 마주대고 못다한 얘기를 나눌 수 있겠지요.

다시 뵐 때까지 이만 총총 줄이겠습니다

편히 계세요, 아버지.

2021 가을, 막내딸 올림

(횡성군청, 재난안전과)

우리 꿈의 실현으로 보답할게요

손자 卿祿 박희창

어렸을 적 할아버지 댁에 가면 할아버지께서는 행복하신 모습으로 나를 안아 무릎에 앉히시곤 했다. 반주를 한 잔 하시면 항상 나를 찾으셨고, 볼에 뽀뽀를 받으신 후에 기분 좋게 낮잠을 주무시곤 하셨던 것 같다. 할아버지께서는 애정 표현도 많이 해주셨고, 그 덕분에 늘 할아버지의 사랑을 느낄 수 있었다.

할아버지께서는 내가 초등학생 때 돌아가셨다. 할아버지께서 돌아가신 후에 오랫동안 실감이 나질 않았던 것 같다. 나이가 들고 어른이 되어가면서 할아버지 생각이 많이 났다.

"할아버지께서 운동을 잘하셨다고 하셨는데 같이 운동할 수 있었다면 좋았을 텐데."

"할아버지께서 좋아하시는 반주 한 잔 같이 할 수 있으면 좋았을 텐데." 하고 할아버지께서 살아계셨다면 함께 할 수도 있었던 많은 것들에 대한 그리움이 계속해서 생겼던 것 같다. 그래서 아버지께서 할아버지의 진중일기를 정리하여 제본으로 만들어 주셨을 때 다시 할아버지와 마주하여 이야기를 나눌 수 있다는 생각에 설레고 기대되었다.

그렇게 할아버지께서는 아버지의 손을 빌려 가슴 속에서 그리고 추억 속에서 다시 나를 찾아오셨다.

연구를 마치고 집에 와 고단한 하루를 씻어낸 후, 매일 자기 전에 자그마한 조명등 하나 켜고 먼 등대를 의지해 항해하듯 할아버지의 진중일기를 펼쳤다. 훈련을 나가 경계근무를 서며 밝은 달빛을 등불 삼아 할아버지와 단둘이 대화하는 느낌이 들었다(그런 느낌을 내고 싶었다).

할아버지께서는 스무 살 건장한 군인의 모습으로 나타나 이야기를 들려주셨고, 나는 할아버지의 이야기에 깊이 빠져들었다. 비가 오는 날에는 할아버지께서 고향에 대한 그리움을 더 자주 말씀하셨는데, 한 치 앞도 보이지 않는 최전방의 빗속에서 자신만의 외로운 싸움을 하셨을 모습을 생각하니 얼마나 고독하고 힘드셨을까 하는 생각이 들었다. 그럼에도 항상 자신의 안위보다는 고향의 가족과 후방의 국민들을 생각하며 새롭게 다짐하고 이겨내셨기에 지금의 내가,우리가 있다는 생각이 들었다.

생사를 넘나드는 수많은 전투 끝에, 총기수입 칭찬에 기뻐하던 스무 살 청년은 전술교육을수행하는 늠름한 분대장의 모습이 되어 있었다. 대대 운동회의 다양한 종목에 선수로 출전하며 강한 승부욕으로 매사에 열심히 참여했다고 말씀해 주시는 할아버지께서는 손자의 운동신경과 승부욕이 마치 자기 자신을 닮았다는 듯 기뻐하시는 듯했다.

그렇게 할아버지의 이야기를 시간 가는 줄 모르고 듣다 보니 벌써 마무리할 시간이라고 하셨다.

할아버지의 진중 이야기가 끝나가는 것이 너무 아쉬웠지만, 할아버지를 이렇게 다시 만나 많은 이야기를 나눌 수 있어서 너무 행복했다. 진중일기 마지막 페이지를 덮고 나니 할아버지의 젊은 날의 희생과 용기가 가늘 수 없는 경외와 사랑으로 전해졌다.

할아버지의 진중일기를 다 읽고 난 후에, 할아버지와 전우분들께서 지켜주신 고귀한 자유와 평화 덕분에 우리가 새로운 오늘과 기대되는 내일에 대한 이야기를 써내려갈 수 있게 되었구나 하는 생각이 들었다. 할아버지께서 최선을 다해 살아온 멋진 날들처럼 나 또한 열심히 살아가며 할아버지께 꿈의 실현으로 보답하겠다고 다짐을 했다.

끝으로 어린 시절에 표현하지 못한 손자의 애교를 받아주세요.

"할아버지, 희창이가 많이 사랑합니다. 하늘만큼, 땅만큼 사랑합니다."

(KIRO, 한국로봇융합연구원 주임연구원)

| 칠순 생신 |

쉴사이 없이 임을 그리워하고 임곁
으로만 도는 이 마음 거기서 나는
정진을 배웠노라 천하 하고 많은
사람중에 오직 임만을 사모하는 이

| 가족사진 |

끝까지 살았으므로
우리가 살아가고 있다

Source. 6.25동란과 강원경찰, 2021.06.15. 각 신문

| 6.25전쟁 연표 |

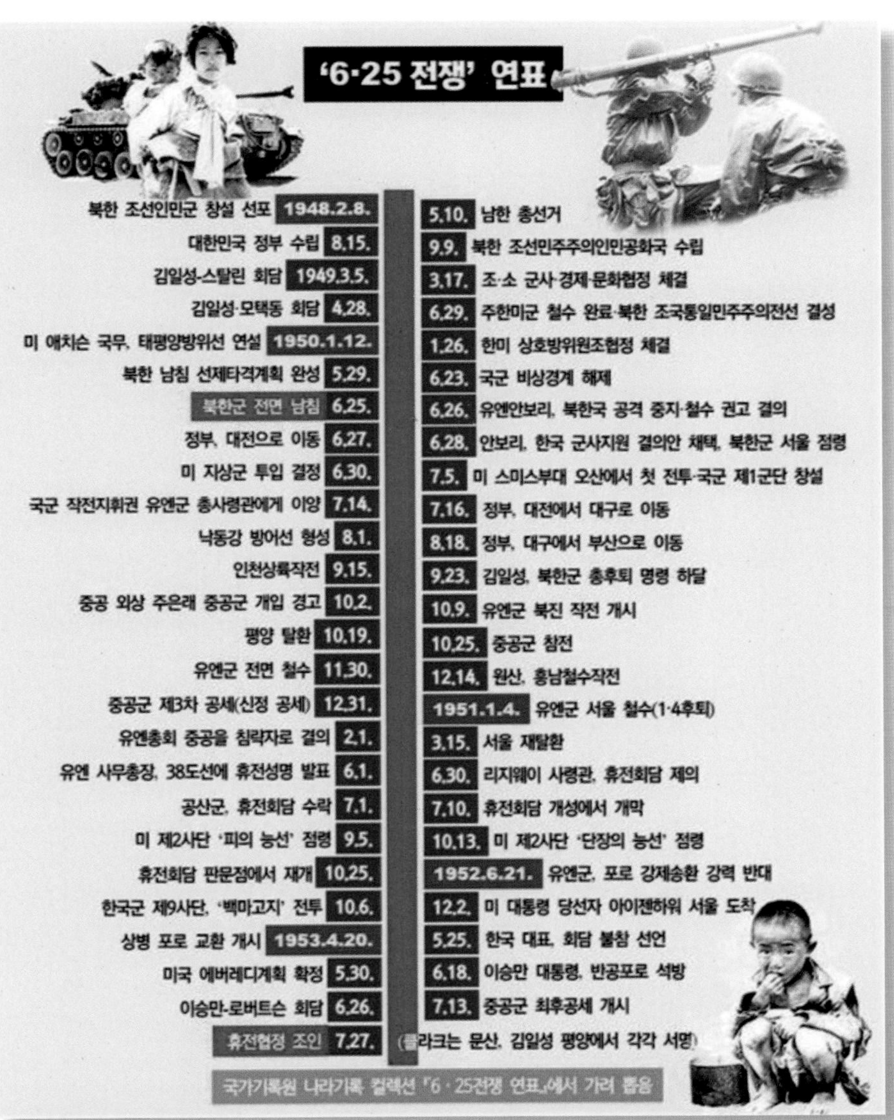

'6·25 전쟁' 연표
북한 조선인민군 창설 선포 1948.2.8.
5.10. 남한 총선거
대한민국 정부 수립 8.15.
9.9. 북한 조선민주주의인민공화국 수립
김일성-스탈린 회담 1949.3.5.
3.17. 조·소 군사·경제·문화협정 체결
김일성·모택동 회담 4.28.
6.29. 주한미군 철수 완료·북한 조국통일민주주의전선 결성
미 애치슨 국무, 태평양방위선 연설 1950.1.12.
1.26. 한미 상호방위원조협정 체결
북한 남침 선제타격계획 완성 5.29.
6.23. 국군 비상경계 해제
북한군 전면 남침 6.25.
6.26. 유엔안보리, 북한국 공격 중지·철수 권고 결의
정부, 대전으로 이동 6.27.
6.28. 안보리, 한국 군사지원 결의안 채택, 북한군 서울 점령
미 지상군 투입 결정 6.30.
7.5. 미 스미스부대 오산에서 첫 전투·국군 제1군단 창설
국군 작전지휘권 유엔군 총사령관에게 이양 7.14.
7.16. 정부, 대전에서 대구로 이동
낙동강 방어선 형성 8.1.
8.18. 정부, 대구에서 부산으로 이동
인천상륙작전 9.15.
9.23. 김일성, 북한군 총후퇴 명령 하달
중공 외상 주은래 중공군 개입 경고 10.2.
10.9. 유엔군 북진 작전 개시
평양 탈환 10.19.
10.25. 중공군 참전
유엔군 전면 철수 11.30.
12.14. 원산, 흥남철수작전
중공군 제3차 공세(신정 공세) 12.31.
1951.1.4. 유엔군 서울 철수(1·4후퇴)
유엔총회 중공을 침략자로 결의 2.1.
3.15. 서울 재탈환
유엔 사무총장, 38도선에 휴전성명 발표 6.1.
6.30. 리지웨이 사령관, 휴전회담 제의
공산군, 휴전회담 수락 7.1.
7.10. 휴전회담 개성에서 개막
미 제2사단 '피의 능선' 점령 9.5.
10.13. 미 제2사단 '단장의 능선' 점령
휴전회담 판문점에서 재개 10.25.
1952.6.21. 유엔군, 포로 강제송환 강력 반대
한국군 제9사단, '백마고지' 전투 10.6.
12.2. 미 대통령 당선자 아이젠하워 서울 도착
상병 포로 교환 개시 1953.4.20.
5.25. 한국 대표, 회담 불참 선언
미국 에버레디계획 확정 5.30.
6.18. 이승만 대통령, 반공포로 석방
이승만-로버트슨 회담 6.26.
7.13. 중공군 최후공세 개시
휴전협정 조인 7.27.
(클라크는 문산, 김일성 평양에서 각각 서명)
국가기록원 나라기록 컬렉션 『6·25전쟁 연표』에서 가려 뽑음

Source. 오마이뉴스, 2020.06.24. 장호철

[참전 전후 연표]

1931.12.05.(오후2시) 출생 [반곡리 산 135번지]

1938.03. 횡성초등학교 입학

1943.12. 횡성초등학교 졸업

1945년~1950년 한학 수학 및 농업 종사

1950.05.07. 임채숙과 결혼

1950.06.25. 6.25전쟁 발발

1950.10.20. 전투경찰 입교, 강경 제9대대 전쟁참여

1951.04.26. 미해병대와 강경대대 연합작전(파견)

1951.10.10. 미해병대 파견 해지, 원주경찰서 복귀

1952.10.21.~12.25. 육군 제1훈련소 입소, 제주 신병훈련

1953년 1월~1953년 7월 백두산 부대 전출 전쟁참여

1953년 8월~1957년 3월 21사단 65연대 1대대 3소대 근무

1954.09.01. 장남 영래 태어남

1957.03.20. 육군 하사 예편(6년 6개월 근무)

1957.04.18. 인제경찰서 복직

[경찰생활 및 퇴직 이후 연표]

1957.04.18.~1962.03.12. 인제경찰서 관할 근무

(상동, 해안, 남면, 서화. 기린 등 근무)

1962.03.13. 횡성경찰서 전근

1964.04.30. 횡성경찰서 강림지서

1966.03.24. 횡성경찰서 본서 경무계

1969.02.10. 경장 진급

1971.11.10. 경사 진급

1971~1950 횡성경찰서, 안흥, 공근, 서원, 무천, 유현,

읍내 파출소 등 관내지역 지서장 역임

1985.02. 정년퇴직(32년 3개월 봉직)

[경찰 재직 중 포상, 훈장 등 13회 수상]

1985.02.~1986.01. 횡성 농공단지 경비대장

1986.02.~2003.02. 동양화재보험 영업소장

2003.02. 방광암진단, 원주기독병원 입원

2004.05.11. 자택에서 운명(향년 74세)

| 故 박순홍 하사 군 사진 |

| 故 박순홍 가문 병역 명문가(3대 현역) |

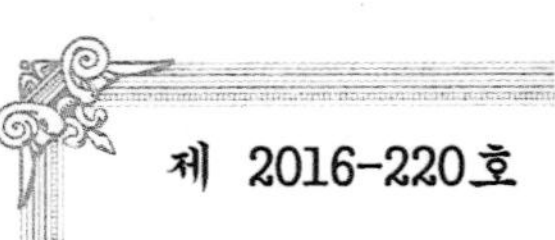

제 2016-220호

병역명문가 증서

박정래 가문

위 가문은 국가안보를 위하여 3대가 모두 병역의무를 명예롭게 이행하였으므로 그 명예를 기리기 위하여 이 증서를 드립니다.

2016년 5월 27일

병무청장 박 창 명

병역명문가
나라지킴이 3대 가족
병역명문가의 집
병무청

밝은나라 맑은병역
병역이 자랑스러운 대한민국
병역명문가 박정래 가문
대한민국병역명문가
병역명문가
병무청
위 가문은 2016년도 병역명문가로
선정되었으므로 이 패를 드립니다.
2016. 5. 27.
병무청장 박 창 명

| 故 박순홍 직계 자손 군복무 |

박순홍 (2004.5.11별세)
1950.10~1951.10전투경찰 1951.10.11~1957.03.20 육군하사 (이천 호국원 안장)

子. 박영래 (병참)
1976.03.09~1979.12.19 육군병장 만기전역

子. 박정래 (포병)
1980.07.07~1982.11.18 육군병장 만기전역

孫. 박희창 (특전병)
2012.07.09~2014.04.08 육군병장 만기전역

子. 박홍래 (보병)
1983.04.22~1985.07.21 육군병장 만기전역

外孫. 이승호 (전경)
2006.12.26 ~ 2008.12.8 수경 만기전역

外孫. 이용준 (포병)
2007.10 ~ 2009.09 육군병장 만기전역

外孫. 이용규 (육군장교)
ROTC 53기 2015.03.12~군장교 복무 중

| 故 박순홍 직계 자손 군복무 사진 |

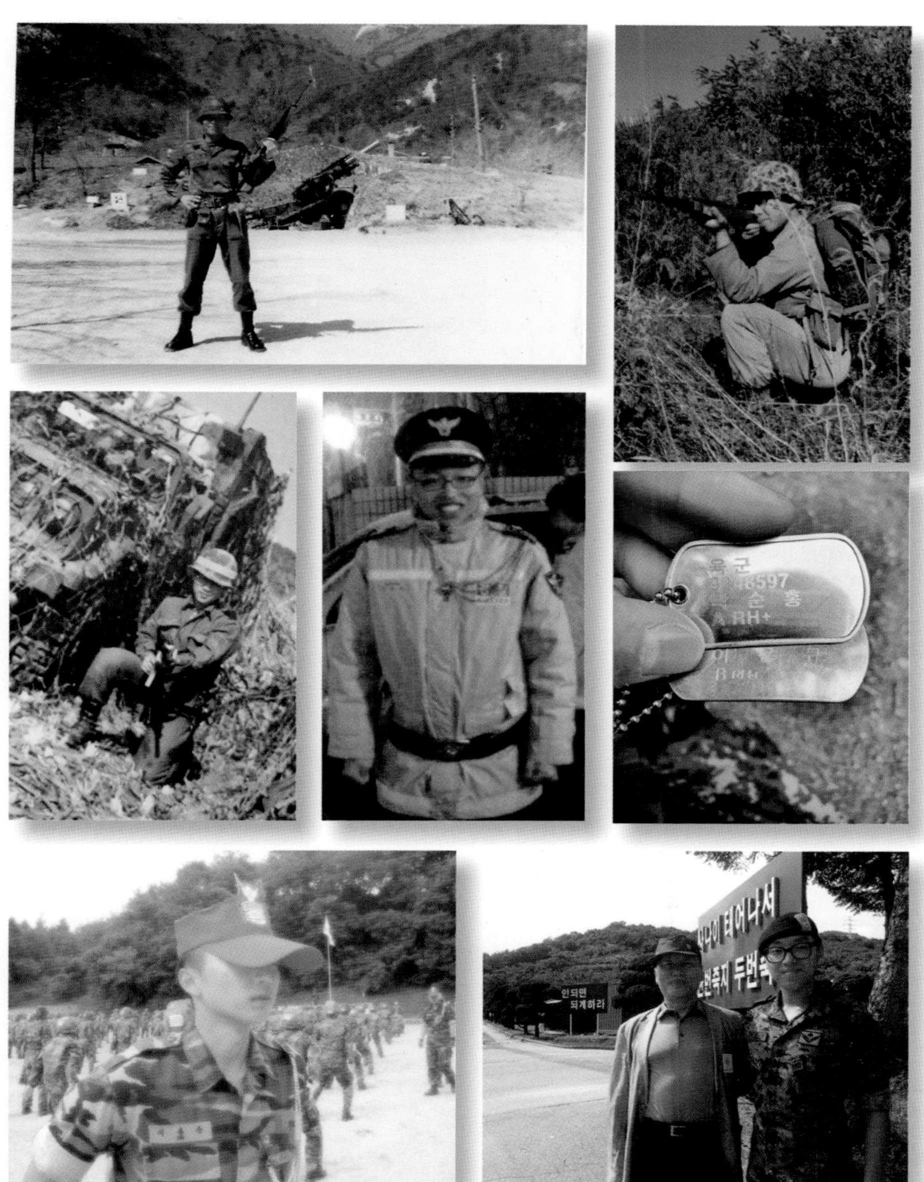

3-25-52
THE WEARER OF
THIS HELMET STILL
"LIVES"
-WEAR YOURS-